别集

书里书外

董利荣

著

经济日报
出版社

图书在版编目（ＣＩＰ）数据

书里书外别集 / 董利荣著. -- 北京 ： 经济日报出版社，2021.10
ISBN 978-7-5196-0952-8

Ⅰ．①书… Ⅱ．①董… Ⅲ．①散文集－中国－当代
Ⅳ．①I267

中国版本图书馆CIP数据核字(2021)第198888号

书里书外别集

作　　者	董利荣
责任编辑	王　含
责任校对	蒋　佳
出版发行	经济日报出版社
地　　址	北京市西城区白纸坊东街 2 号（邮政编码 :100054）
电　　话	010-63567684（总编室）
	010-63584556 63567691（财经编辑部）
	010-63567687　（企业与企业家史编辑部）
	010-63567683（经济与管理学术编辑部）
	010-63538621 63567692（发行部）
网　　址	www.edpbook.com.cn
E - mail	edpbook@126.com
经　　销	全国新华书店
印　　刷	成都兴怡包装装潢有限公司
开　　本	880mm×1230mm 1/32
印　　张	7.25
字　　数	140 千字
版　　次	2021 年 12 月第一版
印　　次	2022 年 1 月第一次印刷
书　　号	ISBN 978-7-5196-0952-8
定　　价	68.00 元

目 录

Chapter　02　　**书里卷二**

Chapter

01

书 里 卷 一

（序言选）

在数字与文字之间

——秦战《老家的柿子树》序

　　给秦战的诗文集《老家的柿子树》一书写序实在是一件勉为其难的事。一来我对他少有了解，尽管他说曾经是我的学生，原来是在他读高复班的时候，那是近20前的事了，当时我在桐庐中学教书，学校安排我们晚上兼职教高复班，来去匆匆，一般都是上完课走人，很少与学生有深入沟通与交流，又加上往往一个班有六七十号人，因此我是无论如何想不起他曾经做过我学生。二来我对他的作品也缺乏了解。老实说，县内一些喜欢写作的同仁的作品我还是比较熟悉的，冷不丁冒出一个秦战且要由杭州出版社出版集子了，多少还是很有些出乎我的意料。但这毕竟是件好事，也是我县文艺界的一件喜事。因此在与他做了几次短暂的交流后，我答应给他写点文字。

　　我是非常认真地看完了他的书稿的。《老家的柿子树》共分三

《老家的柿子树》 秦战 / 著

部分，第一辑《长短句》收入了 70 余首小诗；第二辑《太阳雨》收入了 100 余条他的随感语丝，少则一二句，多则三五句，其实也是小诗，只不过无题而已；第三辑《我的农民时代》是他离开家乡外出求学之前岁月的自传。比较而言，我喜欢第三辑，其次是第二辑，再其次是第一辑。

之所以喜欢第三辑，是因为这一部分记录了作者从学前到小学到初中再到高中及高复4个阶段的成长经历，语言简洁但内容并不简单，既有童趣又有山乡田间野趣，充满着农村生活的风土人情：

从家里去学校的路上要经过一片茶叶山，这片茶叶山，大人喜欢，小孩子更喜欢。

那时，孩子们盼望的节日主要有三个，一个是春节，一个是六一儿童节，还有一个就是小镇上的庙会三月廿八。这三个节日都有得吃，有得玩，但过年父母亲会安排的，六一节老师会安排的，只有这个庙会，村里的大人跟小孩之间都有个不成文的约定，那就是小孩在三月二十八这天玩的钱要靠自己摘茶叶赚来的，因为那时刚巧也是茶叶新出的季节。放学了，或者星期天就赶紧拎一只篮或者围一块布袋去摘茶叶，满了就到猪场去称一下，摘工是8分钱一斤，印象里到了五年级是1角5分一斤了。

又如：

屋后是菜园，那一年，父亲种了一地花生，四周篱笆爬满扁豆，有青色的，有紫色的。绿叶丛中，有开白色蝴蝶花的，有开紫红色蝴蝶花的。我就在菜园一角插几支竹竿，种上丝瓜。升学考作文的题目就叫"种丝瓜"，记录丝瓜的成长点滴，记录自己的喜悦点滴。

屋前，几年前种的柿子树也结柿子了，等柿子熟了的季节，就拎一小篮去小镇卖，一般都是坐在南货部这边的，大一点的 4 分一只，小一点的 3 分一只。

我惊叹于作者记忆力之强，幼年时的场景不仅清晰地呈现于我们眼前，而且连几角几分的一些数字都记得如此之深。看来他的幼年生活有着一般人少有的艰辛与丰富。

作为一名曾经的教育工作者，作者关于高复生涯的回忆和四次高考的经历深深地打动了我，感染了我。在当年那个千军万马过独木桥的年代，考上大学（包括中专）就意味着捧上了金饭碗，对于农村孩子而言，更是意味着跳出了农门。我感叹于作者求学之坚定和其父母望子成龙之殷切：

在重复着的、重复着的忐忑中，参加了第四次高考。

暑假里，在对面田里种田的时候，母亲问了一个问题："如果你今年还是考不上，怎么办？还要不要再读。"我说："好，到今天为止读书读了这么多年，也就一个目标。如果不读了，有一天我会说'如果我再读一年，可能我就考上了'，到时要有遗憾了。妈，我还是要读的，就是苦了你和爸爸，我现在没办法表达。"母亲说："只要你自己还有这句话，只要你自己还有这个决心，我和你爸爸就是再苦再累也要供你读的。"后来父亲也说："就是卖了房子也要供你读的。"

读着这段对话让我心生酸楚。我想好在当初作者一家如此坚决坚持，才使他终于考上高中中专，以至于后来成长为一名国家税务干部，目前还成长为一名业余作家。否则，他的人生道路肯定是另外一副样子了。我以为这一部分文字几乎可以成为今天的中小学生的励志读物。

第二辑《太阳雨》也有一些让我眼睛一亮的地方，这些语丝是作者思想的火花，从中可以看出作者是一个勤于思考善于思考的人。其中不乏能引人思考的一些句子：

如：没熟的稻子挺胸／熟了的稻子弯腰

又如：笑对骂声／骂声是人家的／笑声是自己的

再如：被人喜欢／好事／把人喜欢／好事／互相喜欢／好事成双

还如：淡然处之／必有／淡然之处

还再如：爱上一个人／可以一瞬／爱好一个人／却需一生

第一辑尽管是这本集子的主角，可我并不太喜欢，光看那些诗题《邂逅》《相思》《眷恋》《萍聚》《浅薄》之类，就知道是一些空泛的呻吟。读完之后，我总的感觉是形式大于内容，技巧胜于意境，这其实是作诗的大忌。其中一些四句八对的打油诗我就更不敢恭维了。当然，其中也有好作品，如第一首也是书名的《老家的柿子树》就很有些味道：老家的柿子树／四棵／棵棵金黄／棵棵灿烂／30 岁的柿子树／年轻着／柿子／甜着／啊／朋友／你好／欢迎你来／老家的柿子树／热烈地摇曳着。真希望这样的诗能够多些再多些。

其中的一首《牛憨》大概是秦战自身的写照："……于是／你

的憨／就成了／你的品牌"。秦战是一个憨厚之人，更是一个勤勉之人。他把别人用于打牌喝茶的时间更多地花在了吟诗作文上，他一边生活在税务工作的数字里，一边生活的形象思维的文字里，乐此不疲。用他自己的话说："常常地本分做人，偶而地写点文字，写得久了，就有了结集成册的冲动。"的确，能够结集成册就已经很了不起。我觉得在浅吟低唱中作者的文字功夫得到了锤炼，如果作者今后能够跳出自我的框子，更多地去观察社会贴近生活，关注他人亲近自然，那么我相信一定能写出更好的诗文。

我们期待着。

2009 年早春于富春江畔

（《老家的柿子树》，秦战著，杭州出版社 2009 年 4 月出版）

追梦成真

——孟红娟《追梦》序

    在我县作家当中，我始终认为孟红娟是最勤奋的一位，她几乎把所有的业余时间都花在读书写作上了，她对文学的梦想与执着令我们钦佩，正因为如此，当她请我为她的第二本散文集写个序时，我觉得没理由不答应了。

    记得还是 20 世纪 90 年代末的某一天，当时我在县教委（后改教育局）工作，我去毕浦中学参加中考巡视，陪同我的学校领导指着一位正在场外监试的年轻女教师说，"这位老师叫孟红娟，是政治老师，却很喜欢写文章，听说想拜你为师。"当校领导向她介绍我时，我明显感觉到她露出了惊讶的神情。当时因在试场外面，我们未作更多交谈便匆匆离开了。其后当然也没联系。拜师收徒我也当作玩笑而已。

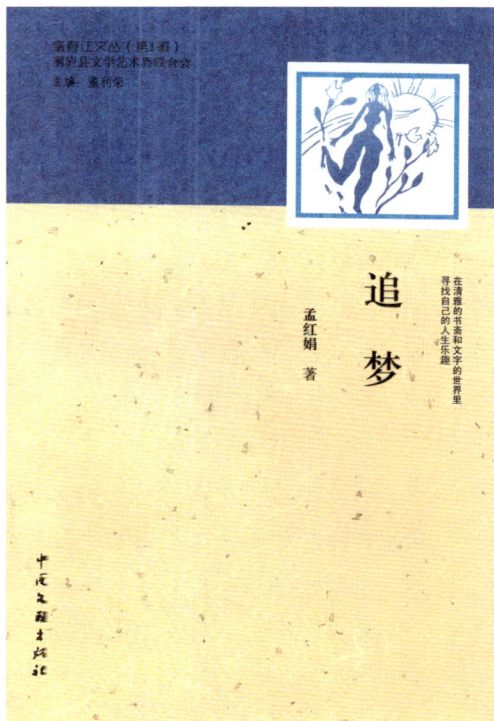

《追梦》 孟红娟 / 著

　　此后不久，因县教委教研室政治教研员退休，决定公开招考一
名政治教研员，孟红娟老师从报考的几十位教师中脱颖而出，笔试
与面试成绩都名列前茅。看来，机会总是青睐有准备有追求之人的。

　　孟红娟在她的本职岗位上兢兢业业，成绩显著，她先后获得县
十佳教师、省优秀教研员等称号。

在努力做好本职工作的同时，她也始终不忘追求她的文学梦。从读大学到当中学教师再到做教研员，她业余时间喜欢记录点所见所闻所思所想，日积月累，居然有了厚厚的几大本。我调到文联工作之后，她便捧来让我过目，以偿她拜我为师的心愿。收她为徒我自然不敢当，当粗略翻阅她的这些女性特色十分明显的散文习作之后，我还是给她提了些建议。

之后，便不时在县内媒体看到她的文章。

之后，她把自己的散文汇编成册，取名《淡墨人生》准备出版。她请我为之写序，当时正好市作协主席嵇亦工兄在桐开会，我便顺水推舟推给了他，加上樟松兄帮着鼓动，嵇主席便爽快地答应了，这便有了他一开头就说"桐庐的董利荣与王樟松二位仁兄，几次嘱我给孟红娟女士的散文集《淡墨人生》写篇序言"的交代。这是 2009 年的事。

之后，或许是受到嵇主席的鼓励，孟红娟的写作热情更加高涨了。我们便经常在县内媒体看到她的文章，而且在县内外征文比赛中也常常能听到她获奖的消息。她已经从一位文学梦想者渐渐成长为一位业余作家。她先后加入了杭州市作家协会和浙江省作家协会，并且两次获得杭州市优秀作家称号。

这本散文集是她从近三年来写作的几百篇文章中挑选出来的。相比于她的第一本散文集，许多文章已写得简洁而不乏细腻，感性而兼具知性。我要对她说的还是那句话，如果在行文中再精炼些，不要写得太满太细，那么，文章将会更有深度，令人回味。

　　孟红娟将她的这本散文集取名《追梦》，的确，有梦想，有追求，淡墨人生就会有出彩的机会。

　　是为序。

2013 年 3 月 22 日

文中闻芳

——闻伟芳《三叶草》序

闻伟芳的作品集《三叶草》即将问世了，她的先生杨政专程前来找我，希望我能为她写个序。杨政是我县教育系统的资深校长书记，我们自然老熟悉了，诚意可感，盛情难却。当然，因为我对闻伟芳的文字特别欣赏，这篇序，我乐意写。

闻伟芳很小的时候我就认识，我与她哥哥闻伟明是桐庐中学高中同学，那时他们家住在东门头附近的一个小弄堂里，我去他家玩过，只记得闻伟芳是家中的小女儿，其时还是一个小姑娘。闻家有女已长成。许多年以后，她竟然成了一名小学教师。

她的哥哥闻伟明是个才子，一直喜欢写作，高中毕业未上大学，录用在供销社工作，却是县里的创作骨干。不久他便辞去工作，南闯深圳、北漂京城。如今笔名闻歌的他在北京写电影、电视剧本，

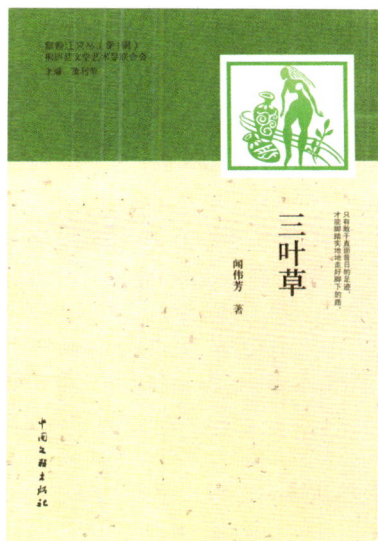

《三叶草》　闻伟芳/著

靠文字为生，日子过得很滋润。更让我没想到的是，他的这份文学天赋居然传染给了他的妹妹闻伟芳。

　　我在教育系统工作时，只知道闻伟芳是一位优秀的小学语文老师，很受学生的喜爱。知道她文章写得那么好，还是我到文联工作之后。那时县文联举行一次征文比赛，闻伟芳的散文获得了二等奖。之后，凡有征文活动，闻伟芳只要参加，总能获奖。去年我县举办的"美丽乡村"全省散文大赛□，闻伟芳的《翔岗之约》受到评委的一致称赞，获得了一等奖。闻伟芳的散文简约而细腻，有很强的文字功底，读来让人觉得很有味道。

更有味道的，是读她的小说。她初写小说，就让我们刮目相看。前些年她尝试着写了几篇弄堂人物的小说，如《松爷爷松奶奶》《草儿》等，这些小说，生活气息浓厚，人物形象鲜明，读后让人回味。

除了散文和小说，她还尝试着写故事，去年我县举办廉政小小说与廉政故事比赛，她双双获奖。像她这样有较深文字功底与小说创作经验的作者能加入故事创作的行列，对于我县故事界来说是件幸事，"中国故事之乡"的故事创作应该更上水平，我们对她有期待。

闻伟芳的这本书收入了 18 篇散文、10 篇小说、5 篇故事，三个门类，各有千秋，她把书名取为《三叶草》，显然带有谦虚的成分。其实我以为应是三束花，散发着各自的芳香。

闻伟芳为何有如此的文字功底和语言表现力，除了天赋之外一定还有别的原因，我从她的书中找到了答案，她在《书缘》一文中说："我爱读书，虽然没有饱读诗书，但对书还是有着一种与生俱来的自然情结，看到书会由衷地喜欢，觉得亲近，像朋友一样，这大概就是一种缘分，姑且就叫书缘吧。"的确，与书结缘的人，一定会从书中汲取源源不断的营养。

闻伟芳还说："读书，以慢生活的姿态回归本源，是芸芸众生的福分。"诚哉，斯言！

我很高兴地向读者朋友推荐，泡一杯下午茶，静心地品读她这本书吧。

2013 年 3 月

桐江流一春　文心又共存

——《桐江文心》序（四篇）

《桐江文心》2008 年卷序

县作家协会打算从今年开始每年推出一本会员作品集，定名为《桐江文心》。2008 年度的集子已经编辑成册，樟松兄嘱我写几句，我欣然受命。

自从去年 5 月换届以来，县作家协会呈现了勃勃生机。首先，协会的吸引力凝聚力增强了。作为全县文学爱好者自己的组织，县作家协会不仅在去年正式注册登记，成为独立法人社团，而且会员人数不断增加。更为可喜的是，不少具有一定文学功底又喜爱写作的部门正、副局级领导也积极申请加入协会。可见，在日益浮躁的今天，文学依然还是有它独特的生命力与吸引力的。作

《桐江文心》2008 年卷　桐庐县作家协会

为一名会员我参加了作协去年年底在瑶琳天峒山森林公园和前不久在富春桃园召开的两次年会，参加人数之多远远超出了我的想象，协会的凝聚力之强可见一斑。

其次，会员的积极性充分调动起来了。自从去年县文联在第五次文代会上启动"走进新农村大型文艺采风活动"之后，县作家协会是其中活动最频繁最有成效的协会之一。今年以来，围绕我们国家的大事、喜事和县委县政府的中心工作及有关写作任务，县作协也积极组织会员参加，许多会员召之即来，深入生活，在抗震救灾、喜迎奥运、改革开放30周年和县内滨江拆迁、古树名木保护等大事中纷纷创作了一批优秀文学作品，用一颗火热的心去反映与讴歌火热的生活。实践再次证明，生活是创作的源泉，作家（文学爱好者）只有走出书斋，贴近生活，才能创作出好作品。

除了积极参加有组织的活动之外，许多会员坚守着文学这片净土，静心地去感受生活，感悟人生，用心灵之笔静静地流淌心灵的泉水。这本集子就是一年来会员创作的作品集锦。无论是诗歌还是散文、小说还是小品，无一不是流露出浓浓的本土气息，无一不是真实的生活写照和个性反映。尽管这些作品水平参差不齐，但它们至少还是反映了我县文坛的总体水平，更反映了我县作者的积极态度与创作热情。而且我始终认为，文学修养是一个人个性修养的重要方面，写作能力也是一个人立足社会的重要能力之一。一个能够静心写作的人，肯定是一个能够静心读书、静心思考的人。真心地希望我们桐庐这样的人多多益善，祝愿《桐江文心》如富春山水一般万古长青、川流不息。

是为序。

2008 年 12 月 18 日

《桐江文心》2010 年卷序

县作家协会 2010 版的《桐江文心》又将出刊了，樟松再次邀请我写个序，我本想推脱，但有感于他一如既往的热忱热心与倾情付出，我想我应该写几句。

对于县作家协会来说，身为县文广新局局长的王樟松今年很给力。在他的领导下，县作协今年活动频繁，影响增大。笔会采风实实在在，研讨交流渐成风气。在县文联所属协会中，县作协近些年连连被评为先进集体，当之无愧。

作为县作家协会主席，他自己今年在文学创作上也特别发力。2010 年大概是他成果最为丰厚的一年。年初为配合开好笔会，他带头写了一组小说，这组名为《故乡人物谱》的小人物写真在今年第二期《富春文苑》发表后受到广泛好评。后经市作协主席推荐，这组小说以《故乡故人》为题发表于《青岛文学》第十期。在省外纯文学刊物发表小说，这在我县还是较为难得的。作品发表后引起了专家的关注，山东师大一位教授在网上如此评价这组小说："作者用最质朴的语言表达最真挚的怀念和最厚重的思念，抛弃了形式的负担，用简单而单纯的叙述手法将情感渗透于故事中，可见作者创作的功力之深。"在今年举办的"唱响桐庐"新歌创作活动中，他创作的歌词《传说》由夏林青谱曲后在中秋吟唱会上被小韩红张云芳演绎得淋漓尽致，樟松的才思随着歌声"在富春江上放飞"，而且飞出了桐庐。在县纪委、县文联共同举办

《桐江文心》2010年卷　桐庐县作家协会

的首届廉政小小说大奖赛中，他的《打塘》获得评委的一致好评
荣获二等奖，送省参评后获得了三等奖，成为杭州地区屈指可数
的获奖者。总之，樟松今年的文学创作有很多可圈可点之处，正
因为有了他的努力和率先垂范，县作协会员今年能够潜心创作，
佳作叠出，并且有了很多突破。

在县内举办的廉政小小说、《芦茨湾的呼唤》影评征文、国学读后感等各类征文中，县作协会员往往占据了获奖者的半壁江山。在建德市文联举办的"品味新叶"文学大赛中，由于县作家协会组织了20余位作者两次赴新叶采风，投稿踊跃，结果我县作者有10人获奖，成为这次活动中组织最为出色者。在出版专著方面，县作协会员孟红娟出版了散文集《淡墨人生》，10月份缪建民、童水奎、黄新亮又创作出版了我县首部长篇报告文学《倪正刚传》。应该说，县作家协会会员在一年中已融入我县经济社会发展的方方面面，用如诗如画的文字讴歌如诗如画的潇洒桐庐。

这本文集尽管只是县作家协会会员今年创作的部分作品，但已反映了全体会员的精神面貌与创作激情。

我们欣喜地看到，《桐江文心》的质量在逐年提高，这本集子共有5种体裁，46篇文章，尤其是小说和散文，今年可谓佳作颇多。特别是小说的提升，更让人兴奋，因为小说创作历来是我县文学界的弱项。当然，从这本文集中也可看出在小品、杂文、戏剧等创作方面仍显薄弱，还有很大的发展空间。一花独放不是春，百花齐放春满园。我相信，在县作家协会全体会员的共同努力下，桐庐文学界一定会呈现百花争艳的繁荣景象。

是为序。

2010 年 12 月 30 日

2014 年的桐庐文坛
——《桐江文心》2014 年卷序

时光如梭，转眼又到了年末。回首即将逝去的 2014 年，桐庐文坛可谓大事多成果丰，值得盘点。

在这一年中，我们接待了多批文坛名家——著名诗人贺敬之来了，这位从延安走来的革命文学家虽然名声如雷，虽然曾官至部长，虽然已九旬高龄，却平易近人、乐观感人。他的到来，让桐庐文坛如沐春风。并且由于他的到来，省市作协、文联的领导和著名作家黄亚洲也赶到桐庐拜访贺老。——港台作家代表团来了。由《人民文学》副主编宁小龄带队的港台作家代表团一行 28 人来到桐庐。他们对桐庐自然与人文风貌赞不绝口。——浙江作家"钱塘江抒怀"采风团来了。由省委宣传部常务副部长胡坚亲任团长的浙江作家采风团一行 20 人来到庐，作家们用他们的生花妙笔热情歌赞桐庐"五水共治"的成果。——另外，省作协散文创委会年会在桐庐召开，省市知名作家走进革命老区新合……

在这一年中，我们开展了"富春江抒怀"大型采风活动。举办了"美丽桐庐·秀水家园""记得住乡愁"等多次征文活动。召开了紫燕山改稿笔会等。这一系列活动每每使平静的桐庐文坛掀起一圈圈涟漪。

在这一年中，我们出版了《严光与严子陵钓台》《黄公望与桐庐》《父母的无悔人生》《中国快递桐庐帮》和《通达天下》等书籍，

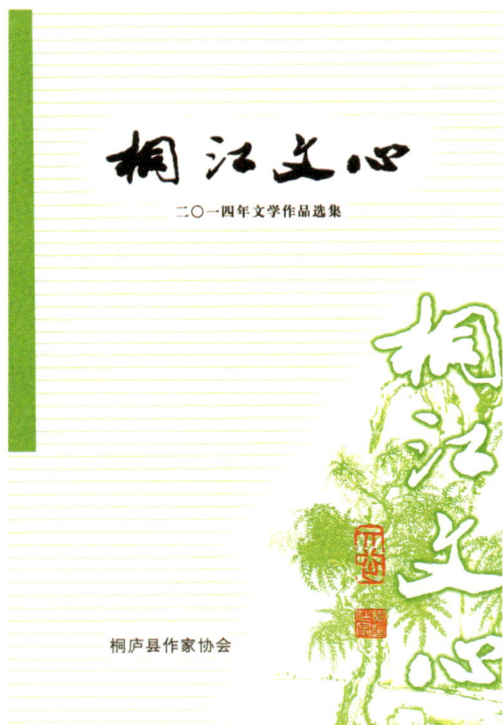

《桐江文心》2014年卷　桐庐县作家协会

这些作品让桐庐文坛增添了厚度。我们还有本土作家和作品登上了国际学术大会的讲坛和《中国报告文学》《浙江日报》《浙江作家》等大雅之堂，这些作品拓展了桐庐文坛的广度。我们更有本土作家的作品在全国性、全省、全市征文中获奖，这些作品增强了桐庐文坛的深度。

2014 年的桐庐文坛，可圈可点之处多矣。

县作家协会的年刊《桐江文心》2014 年卷已编辑就绪，从 2008 年创刊至今已是第七卷了，这一份坚持与坚守令人敬佩。樟松兄嘱我写个序，我自然想了今年我县在文学方面的点点滴滴。并且，我以为从 2014 年开始，我们可以使用桐庐文坛这个概念了。

这一卷《桐江文心》共收入了 50 余位作者的小说、散文、诗歌作品，许多作品还在市级以上的报刊发表或各类征文中获奖，从中能够窥见桐庐文坛 2014 年的整体水平。可喜的是今年的小说创作有了拓展。而更可贵的是还有这么多人甘于寂寞，笔耕不辍，坚守文学这方净土，包括那些局长们，实在让人钦佩。从中我也看到了几个陌生名字，说明桐庐文坛又增添了新生力量，令人欣喜。

当然，桐庐文坛在出作品出人才方面依然任重而道远。2014 年，桐庐文坛一下子增加了 3 名省级会员，使目前县内作家协会省会员由原来的 3 名成倍增加到了 6 名，这是可喜的跨跃。希望来年有更多的本土作家加入上一级协会，并实现中国作协会员零的突破。

我们期待着桐庐文坛更加辉煌的 2015 年！

2014 年 12 月 23 日

《桐江文心》2016年卷序

桐江流一春，文心又共存。县作家协会年刊《桐江文心》2016年卷又将问世了，樟松兄嘱我再次作序。自2008年创刊以来，我已三次为该刊写序，这是第四回了，本想谢绝，但樟松的说辞打动了我。

2007年初，我离开工作整整24年的教育系统调任县文联主席。上任伊始，加强各协会队伍建设是摆在我面前的当务之急。原县文学工作者协会根据上级协会意见应改为作家协会。我找到时任县交通局党委书记的王樟松，希望他能出任县作家协会主席。因为20余年前我们都是经常一起切磋交流的文学青年。樟松兄欣然应允。报请组织部门同意后，经县作家协会代表大会选举，樟松顺利当选为首任县作协主席。这一切仿佛如在昨日，却不料一晃已近10年。

10年来，县作家协会在樟松主席的带领下，活动丰富多彩，成果不断涌现。除了每年一册的《桐江文心》之外，县内《富春文苑》《今日桐庐·桐君山》几乎都被县作协会员占据了。有的会员还频频在市级以上报刊发表作品，也在各类征文中屡屡获奖。这些年来会员正式出版的作品集据不完全统计竟有30余部。

10年来，县作协队伍不断壮大。因文学爱好而相识相交的朋友圈日益增大。尤为可喜的是，从当年全县无一名省级以上作协会员，到现在有8名省作协会员。中国作协会员也有了零的突破。

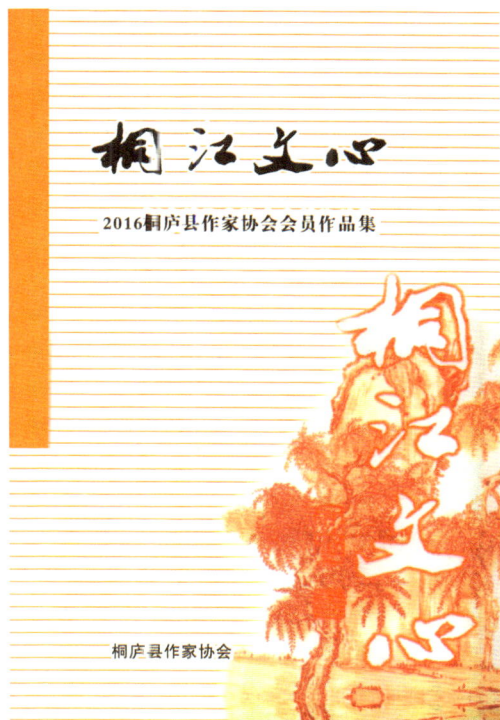

《桐江文心》2016 年卷　桐庐县作家协会

　　10 年来，县作协的许多会员无论是工作上还是生活上都发生了很大的改变。就连樟松主席本人也从县交通局调任县文化广电新闻出版局局长，现又调往县政协任职。但大家无论是年龄增长容颜变化，还是工作变动抑或生活变故，对文学的热爱追求依然孜孜不倦丝毫不变。樟松兄本人也笔耕不辍，不仅成为歌词创作的行家里手，还出版了《围炉偶拾》《画中桐庐》等专著。

10年来，县作家协会多次被县文联评为先进协会。县作协俨然成为会员温暖的大家庭。文友们在县作协这个大家庭里得到心心相印的鼓励。作为县作协的一员，我也与大家一起在这个大家庭里成长着快乐着。

一个人有爱好与特长是幸福的，而拥有文学的爱好与特长尤为可喜。衷心希望各位文友坚守文学这方净土，不忘初心，继续前进。衷心祝愿县作家协会不断成长，蒸蒸日上。

最后，谨以习近平同志对文艺工作者的美好祝愿与各位同仁共勉：希望大家努力做到——

胸中有大义，心里有人民，肩头有责任，笔下有乾坤。

2016年岁末于富春江畔

学无止境

——《敬学·乐学征文比赛获奖作品集》序

古往今来，关于读书学习的格言警句实在是太多太多，因为学习与一个人的成长成才息息相关，知识与一个民族的文明进步息息相关。

学无止境。敬学·乐学也永无止境，是一个永恒的话题。

围绕这一话题，桐庐县文联及县作家协会、桐声行知教育培训中心去年共同组织了一场"行知教育"杯——敬学·乐学征文，面向中、小学生和成人广泛征集。短短一个多月时间就收到600余篇征文，从中分小学组、中学组和成人组，共评选出90篇获奖文章。每一篇都是作者的读书心得，学习感悟。出资承办此次征文的桐庐行知教育培训中心决定将获奖作品结集成册，中心负责人邀我作序，托人将校样放在我的案头。捧读这本小书，让我欣喜。

《敬学·乐学征文比赛获奖作品集》

我相信此书一定能为"书香桐庐"增添一缕芳香。

我欣喜于小学生从小就培养起《我爱学习》的兴趣和树立《读书·行路》的志趣。他们在《悦读》中初尝《成功的滋味》;他们从小就《张开梦想的翅膀》,努力让《书香飘万里》。

我欣喜于中学生《学舟泊溟》《跨越围城》的老成和《悠悠以学，谦谦为乐》《三径有道 波澜为帆》的成熟。我想，这本身就是与学习密不可分的。学习才能让我们脱离幼稚不断成热。"下棋对弈需要的是耐心（敬畏、热情），学习亦是。"（《对弈》）中学生能够触类旁通，有所领悟，值得点赞。

我欣喜于一个个知识改变命运的成功案例。这些身边的成人们成长成功的经历和感悟，亲笔形成文字无疑是启迪他人的学习样本。不论是《许我一个白头》浓墨重彩的誓愿，还是《浅浅的书缘》《做些看似无用的事》这般轻描淡写的心愿，都流露着《一路阅读一路歌》中因《好学带来的快乐与收获》。《乐学，让人生多一份精彩》，这话，说得真好！

读着这些心有戚感的文章，自然让我联想到自己。回顾我的人生经历，几乎都是与书打交道。读书、教书、编书甚至还写书。2010年，我有幸被评为杭州市十大书香人家，但我深知受之有愧。"书到用时方恨少"。我的后半生一定会继续与书结缘，以书为伴。

最后，我想引用一副名联与读者朋友共勉："几百年人家无非积善，第一等好事只是读书。"

是为序。

2017年2月于富春江畔

山高水长

——《桐庐余姚慈溪三地书画联展作品集》序

桐庐和余姚、慈溪，分属于杭州地区与宁波地区，地虽不连，水却相通。富春江奔流不息，杭州湾潮起潮涌，富春江畔的桐庐和杭州湾旁的余姚、慈溪因一条富春江、钱塘江而紧紧相连。

桐庐和余姚、慈溪更为相通的，还是文脉。我们拥有一位共同的先贤——严子陵。严子陵乃东汉时会稽余姚人，是余姚四先贤之首。当今余姚人对严子陵的怀念、崇敬与宣扬令人敬佩。严子陵的故乡横河镇子陵村如今行政区划已划归慈溪，因而慈溪也在做响严子陵的名人品牌，同样令人佩服。我始终认为，历史文化名人各地不应争抢，而应共享。严子陵归隐富春山是桐庐之幸，严子陵钓台千百年来已经成为中国文人共同的精神圣地。因为严子陵，桐庐县境内有了一处流传千古名扬四海的名胜古迹，努力做好严子陵的文章，

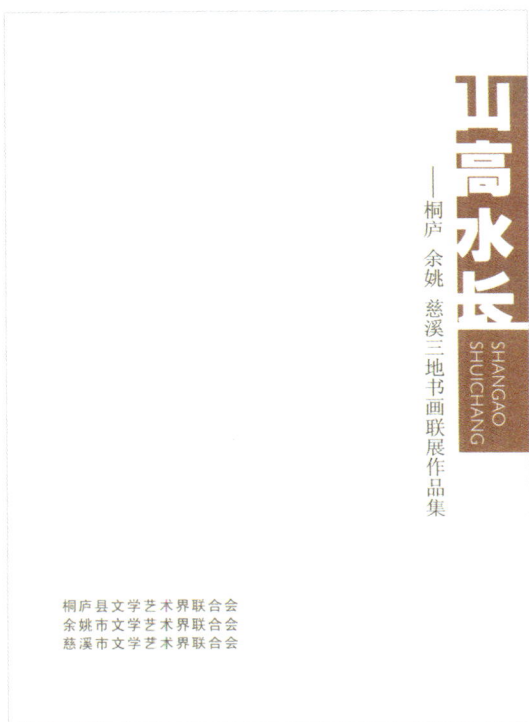

《山高水长》

桐庐自然责无旁贷。

记得2010年初夏，为了完成杭州钱塘江研究院交给我的研究课题《严光与严子陵钓台》，我赴余姚、慈溪实地考察，受到两地文联领导的热情接待，我与张建华主席、方向明主席一见如故，成为挚友。前几年慈溪文联方主席一行曾来桐庐传经；今年4月余姚文联张主席一行又来桐庐送宝，并专程看望刚从余姚市长岗位调任桐庐的县委书记毛溪浩。毛书记不仅亲自宴请余姚文联一行，还陪同他们夜游富春江，让来自他家乡的文艺家们感受到了桐庐人民的热情。今年5月，桐庐文联一行10余人又赴余姚、慈溪文联交流学习，余姚、慈溪深厚的人文底蕴和繁荣的文艺事业让我们深为叹服。深入的交流催生出更深的合作，于是便有了"山高水长——桐庐、余姚、慈溪三地书画联展"的动意。

严子陵不屈于权贵的高风亮节彪炳千秋，北宋大文豪范仲淹出知睦州时在钓台修建了严先生祠堂，并写下著名的《桐庐郡严先生祠堂记》，文末诗句脍炙人口："云山苍苍，江水泱泱，先生之风，山高水长。"弘扬山高水长的先生之风，毫无疑问应该是我们桐庐、余姚、慈溪的共同担当。

"山高水长——桐庐、余姚、慈溪三地书画联展"作为2012年潇洒桐庐外宣品牌项目得到了县领导的高度重视和县委宣传部等部门的大力支持，得到了余姚、慈溪兄弟文联的竭力配合，也得到了三地书画家们的积极响应。于是，便有了这些精美的书画作品展现在我们面前。

愿桐庐、余姚、慈溪三地的文艺事业山高水长。

愿我们的友谊山高水长。

2012年11月

墨润山水秀天下

——《"环保杯"桐庐县第二届书法篆刻展作品集》序

如果让我用两个字来概括桐庐的最大特色或最佳优势，那么毫无疑问非"山水"莫属。造化对于桐庐人的厚爱，使我们拥有了"天下独绝"之"奇山异水"。古往今来，赞美桐庐山水的名篇佳句俯拾即是："天下佳山水，古今推富春。""三吴行尽千山水，犹道桐庐更清美。""钱塘江尽到桐庐县，水碧山青画不如。""桐庐之山郁以纡，桐庐之水清且迂。""一折青山一扇屏，一湾碧水一条琴。无声诗与有声画，须在桐庐江上寻。"……这一方得天独厚的山水滋养滋润着桐庐人民生生不息。

"潇洒桐庐几兴废，野花山鸟自年年。"近年来，桐庐县委、县政府秉持"美丽中国，桐庐先行"的发展理念，在"五水共治"上工作扎实，成效显著，境内83条主要河溪实现"随时能游，随时

《"环保杯"桐庐县第二届书法篆刻展作品集》

可游"目标，被评为全省首批"清三河"达标县。"最美桐庐"也已成为有口皆碑的事实。文艺始终应该为时代歌唱，为人民欢呼，为书写、记录我县重点工作中的重大成就，县书协将全县规模最大规格最高的综合性书法大展——桐庐县第二届书法篆刻展确定为环境保护、五水共治的主题，实在是明智之举。这一设想得到了县环保局等单位领导的大力支持，也得到了全县书法爱好者的积极响应。征稿启示发出之后，短短两个多月便收到以描绘桐庐山水风光、人文历史诗文题材的书法篆刻作品 200 余件。经聘请县外书法行家认真评选，共评出获奖作品 10 件，获奖提名作品 10 件，入展作品 70 件，入选作品 9 件。

本次"环保杯"桐庐县第二届书法篆刻展全面反映了当今桐庐书法队伍的创作现状与艺术水平。获奖入展作品以中青年为主，可喜的是涌现出许多新人新作，充分体现了桐庐书坛可持续发展的良好态势，呈现出桐庐书法特有的人文精神与文化品格。

墨润山水秀天下。本次书法大展是书法艺术与环境保护、五水共治中心工作的完美结合，必将进一步助推我县"五水共治"工作再上新台阶；更能助力我县"中国书法之乡"创建工作，为人文桐庐、文化强县建设增光添彩！

2014 年 12 月

富春墨润　桐庐雅集

——《"富春墨韵·桐庐雅集"十人书法展作品集》序

　　东晋永和九年一个天朗气清、惠风和畅的暮春之日，42位志同道合的文人在会稽兰亭举行了一场别开生面的聚会，曲水流觞，饮酒赋诗，挥毫泼墨。于是，中国人文史上留下了"兰亭雅集"的千古佳话，也留下了王羲之《兰亭集序》这一"天下第一行书"。

　　千百年来，兰亭雅集成了中国文人特别是书家向往之事，各式各样的雅集精彩纷呈。效仿中有创新，继承中有发展。作为今年3月刚刚被中国书法家协会授牌命名的"中国书法之乡"——桐庐，如何创新书法活动形式，丰富书法活动内容，不断提升书法之乡的品牌内涵与影响力，是摆在我们面前的一个新课题。为此，县书协主席李生祥创意举办"富春墨韵·桐庐雅集"活动。这一设想得到

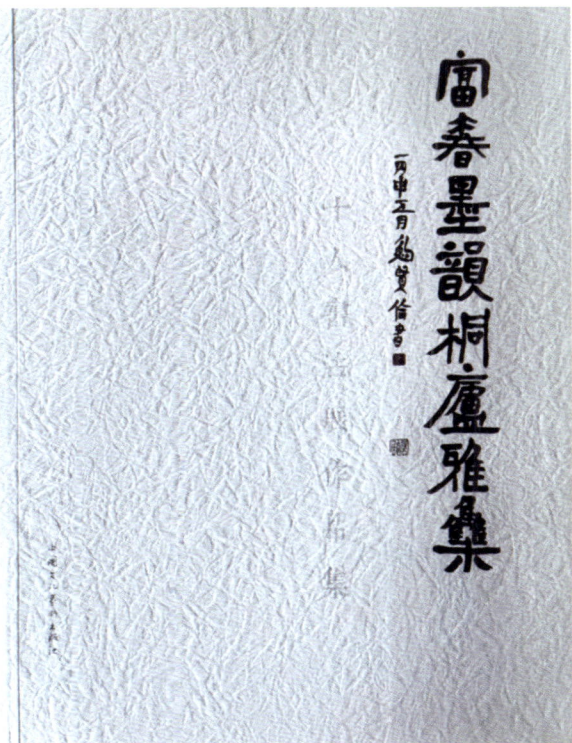

《富春墨润桐庐雅集》

省内书法界同道的热烈响应，参加活动的 10 位中青年书法家李生祥、邱朝剑、蔡礼礼、陈伟、林李阳、杨宇力、赵恩、骆炜、张雄华、朱长虹等，是近年来活跃于浙江书坛的佼佼者，他们无论是创作理念，还是精神气质，都代表着当今我省书法创作的前沿水平。桐庐雅集活动将由"五个一"组成，即一台书法展览、一套作品集、一次研讨会、一场吟诗创作和一次书法采风，可谓形式多样，内容丰富。这一活动受到省书协和市文联及市书协领导的关注与重视，杭州市文联还将其列入文艺精品项目给予大力支持。

我相信，"富春墨韵·桐庐雅集"一定会为桐庐书坛注入新活力，树立新标杆，促使我县书法界同仁见贤思齐，争创一流。这一活动也必将推动桐庐书法由浙江书坛的"桐庐现象"向中国书法的"桐庐样板"进军。

中国画城，翰墨飘香；潇洒桐庐，雅集流芳。参加雅集活动的 10 位书法家各有 6 件作品在叶浅予艺术馆参展。这些近年来在全国、全省书坛频频获奖的高手精心创作的书法作品无疑都是精品佳作。这 60 件作品和每位作者的艺术简历、创作手记汇编成《"富春墨韵·桐庐雅集"十人书法展作品集》，生祥邀我作序，雅意可喜，诚意可感，于是欣然命笔，乐意为此鼓掌喝彩。

衷心祝愿参加桐庐雅集的各位书法家，书艺精进，更上层楼！

衷心祝愿桐庐书坛人才辈出，蒸蒸日上，以期无愧于"中国书法之乡"称号，为人文桐庐文化强县建设不断浸润墨色，添浓墨香！

是为序。

丙申冬月于富春江畔

桐江艺韵浓

——《桐江艺韵》序

富春文苑，百花齐放；桐江艺韵，意蕴悠长。

值此桐庐县文学艺术界联合会成立30周年之际，县文联会同县书法家协会、县美术家协会、县摄影家协会、县民间文艺家协会共同推出一套视觉艺术丛书《桐江艺韵》。本丛书分书法、美术、摄影、剪纸与民间工艺4卷，旨在全面反映30年来特别是近些年来我县文艺界在视觉艺术方面取得的成就，向全县人民呈上一份色彩丰富、生动形象又充满艺术气息的答卷。

一花独放不是春，百花齐放春满园。30年来，桐庐文艺界春江潮涌，百舸争流。无论是文学创作还是艺术创作都呈现出昂扬向上的气势。桐庐越剧几度辉煌，桐庐剪纸红红火火，故事创作与表演双双走在前列，小品创作与表演曾经名扬四方。如今，桐庐书法异军突起，摄影、美术、民间工艺、音乐舞蹈等奋起直追，

《桐江艺韵》

真正呈现出百花齐放的局面。这套丛书便是我县文艺界艺术成就的一个缩影。

温故为了知新，继往必须开来。让我们站在新的起点，共同努力，开拓创新，迎来桐庐文艺百花怒放的明天。

2015 年 10 月

为画城增彩添色

——《"全域旅游杯"桐庐县美术作品展》序

5月的桐庐，百花争艳。第四届桐庐百姓日来临之际，我们迎来了本土画家作品大展——由桐庐县美术家协会具体承办的《"全域旅游杯"桐庐县美术作品展》在叶浅予艺术馆举办，为桐庐百姓送上一份艺术大餐，为桐庐文联成立30周年献上一份厚礼，更为画城桐庐增彩添色。

潇洒桐庐，自古山水如画。"无声诗与有声画，须在桐庐江上寻。"古往今来，无数文人雅士前来桐庐寻诗作画，留下了许多千古绝唱。尤其是元代黄公望的《富春山居图》成为不朽画卷。同时，这一方如画的山水还孕育了叶浅予这样的一代宗师。况且，桐庐县委县政府近年提出了打造"中国画城，潇洒桐庐"的品牌，致力于建设"中国最美县"。这为我县本土画家带来了机遇与挑

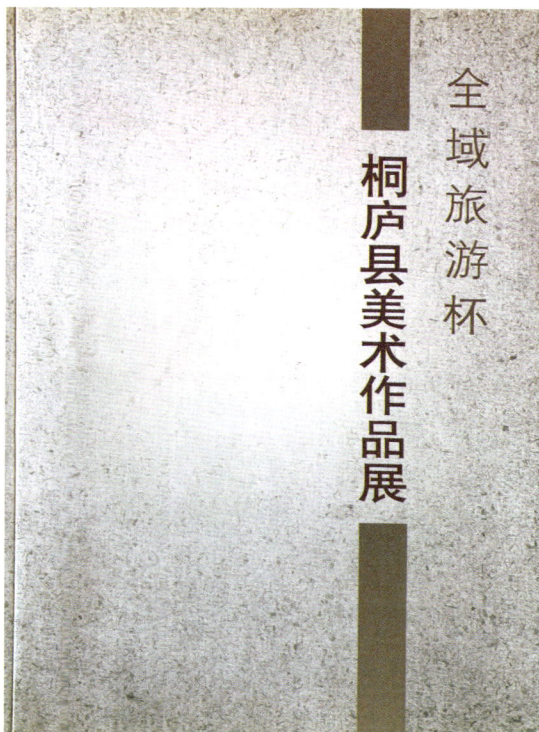

《"全域旅游杯"桐庐县美术作品展》

战。"最美"'画城"为画家们提供了施展才华的舞台；同样也对本县画家们提出了更高要求。近年来，县美术家协会顺势而为，有所作为，搞培训、作交流、办展览、出书刊，走出去采风、请进来指导，活动有声有色，成果有模有样。会员队伍不断壮大，美术作品常有喜讯。呈现出欣欣向荣的气象。

本次"全域旅游杯"桐庐县美术作品展作品大多反映的是我县城乡的自然与人文风貌，画面中倾注了作者热爱家乡热爱生活的情怀。作品既有国画又有油画水彩画等，风格多样，格调高雅，是我县画坛整体水平的一次全面展示，也是县美协及广大会员向全县百姓提交的一份答卷。

当然，较于"中国画城"之名声，桐庐画坛与其还不够相称，仍须更大努力。一分耕耘，一分收获。我相信，以此次全县美术大展为新的起点，桐庐画坛一定会迎来百花怒放的明天。

是为序。

2015 年 4 月

喜迎 G20，最美是桐庐

——《喜迎 G20，最美是桐庐——中国画作品邀请展作品集》序

正当 G20 的脚步临近之际，由浙江省美术家协会、桐庐县人民政府主办，中共桐庐县委宣传部、县文学艺术界联合会、县文化广电新闻出版局承办，县美术家协会和太炎国学书画院执行承办的《喜迎 G20，最美是桐庐——中国画作品邀请展》在叶浅予艺术馆开展，这是桐庐文艺界向 G20 杭州峰会献上的一份厚礼。

潇洒桐庐，自古山水如画。"无声诗与有声画，须在桐庐江上寻。"古往今来，无数文人雅士前来桐庐寻诗作画，留下了许多不朽画卷。桐庐也当之无愧地成为名副其实的中国画城。

桐庐作为杭州的后花园，用什么来庆贺杭州举办 G20 峰会这一千载难逢的大喜事，画展便是最佳的表达。于是，当太炎国学

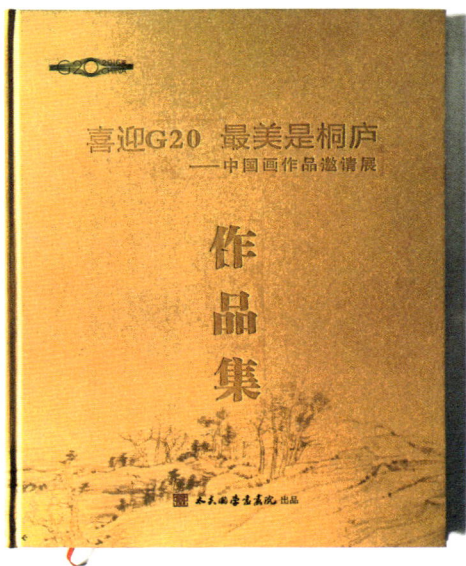

《喜迎 G20，最美是桐庐——中国画作品邀请展作品集》

书画院吴煜敏院长提出在桐举办一场喜迎 G20 的画展意愿后，马上得到县政府及相关部门领导的重视与支持，尤其是得到浙江省美术家协会的大力支持，欣然同意作为本次画展的主办单位。省文联副主席书记处书记、著名画家马锋辉先生和省美术家协会副主席兼秘书长骆献跃先生还亲临桐声，指导画展筹备工作，精心挑选入展作品。

本次画展得到了县内外画家的积极响应。征稿启事发出后，短短一个多月即收到来自全省各地乃至省外的画作 150 余件，从中精心挑选出入展作品 60 余幅。这些作品主题鲜明，题材丰富，风格多样。在笔墨与色泽之间，运笔与构图之中，无不倾注了画家们对中国举办 G20 杭州峰会的欣喜之情。

一次展览的举办，总会倾注许多人的心血与汗水。尤其是具体执行承办的吴璧敏、吴根才、陈春杰等人付出了艰辛的努力，在此，请允许我代表画展组委会，向为本次画展成功举办付出辛劳的所有领导和同志们致以崇高的敬意！

桐庐最潇洒，最美是桐庐。中国最美县没有理由不以最美的作品、最美的姿态和最美的心情喜迎 G20 的来临！

本次展览的作品现结集成册，是对这一有益活动的永久记忆，我很乐意为之作序。

2016 年 8 月

紫霄生气来　艺苑新花开

——《紫霄艺苑——校友艺术家协会会员作品集》序

　　母校桐庐中学校友艺术家协会继2011年出刊校友艺术作品集之后，一晃5年过去了。今年又打算出刊第二辑《紫霄艺苑——校友艺术家协会会员作品集》，可喜可贺！

　　我一直以为母校桐庐中学的领导是明智的，把校友的资源充分利用起来了，不仅在全国各地相继成立桐庐中学校友会，而且还富有创意地成立了校友文学协会和校友艺术家协会，把全国各地的校友文艺家们都紧紧地团结起来。这两个协会在母校校友总会的领导下，特别是在总会会长李相荣老校长的指导下，积极开展活动，每年组织会员搞采风、办展览、出书刊……活动有声有色，成果像模像样。尤其是一年一度的年会，组织十分到位，活动有分有合。既有总的集会，听取母校领导关于学校一年工作业绩的

《紫霄艺苑》／浙江省桐庐中学

介绍；又有分会活动，尽情开展切磋交流。不用说本地校友中的文艺爱好者积极参与，一些外地校友也纷纷从杭州、宁波、上海甚至更远的地方赶来。在这里，大家没有官职的大小，地位的高低，有的只是同一个身份——校友。大家以母校为圆心，以文艺为纽带，在交流中加深彼此了解，在切磋中领悟艺术真谛。每每置身其间，总让我觉得仿佛投入母亲的怀抱，倍感温暖与亲切。

校友艺术家协会是一个特别活跃的团体。在会长叶里青校友的带领下，加上王天瑞、朱维桢等老校友鼎力相助，协会充满着生机与活力。

5 年以来，校友艺术家协会会员的艺术水平有了很大提高，有的晋升为市级、省级乃至国家级专业艺术家协会会员，有的成功举办个人艺术作品展，有的正式出版个人作品集。而桐庐，也荣膺"中国书法之乡"称号，这其中毫无疑问也有校友书法家的一份功劳。

本作品集分绘画、书法、摄影、剪纸和表演艺术 5 个篇章，较为全面地反映了 5 年来校友艺术家们在艺术领域的努力与追求、成长与进步。这是大家向母校呈上的一份答卷，更是向母校献上的一份厚礼！

紫霄生气来，艺苑新花开。祝愿校友艺术家协会百尺竿头更进一步！祝愿母校桐庐中学文运昌盛，繁花似锦！

2016 年 5 月

可喜可贺的桐庐影坛

—— 《桐庐县第四届摄影艺术展作品集》序

时光过得真快，仿佛县第三届摄影艺术展刚刚落幕，一晃 4 年过去了，在这色彩斑斓的收获季节，我们又迎来了"桐庐县第四届摄影艺术展"的开幕。

从上一届到现在的 4 年，可以说是摄影大普及大繁荣的 4 年。随着智能手机的普及和微信的使用，摄影成了唾手可得的本领，得到了前所未有的普及，我们几乎迎来了全民摄影时代。桐庐当然也不例外，无论男女老少，只要手拿一部手机，就能随时把桐庐城乡美景和身边人事拍摄下来，传到朋友圈中分享。

在这势不可挡的普及当中，4 年来我县摄影艺术水平的提高更是可圈可点。首先，我县摄影家队伍不断壮大。2013 年县摄影家协会成功换届，会员人数由几十人猛增到百余人，协会新任理

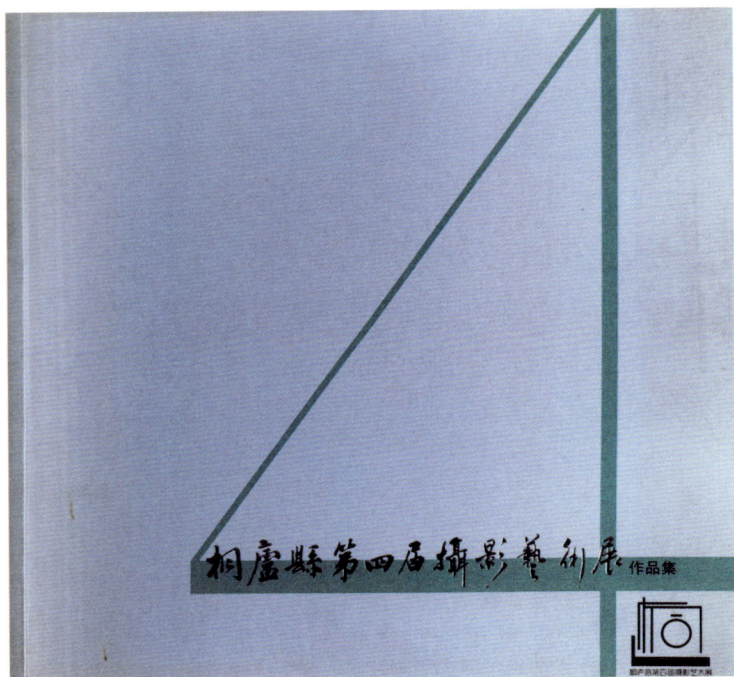

《桐庐县第四届摄影艺术展作品集》

事会充满生机。其次,摄影比赛常年不断。4 年中我们开展了"美在桐庐全省摄影大奖赛""百姓摄影节"等几十项摄影比赛,从中发掘大量优秀作品,也发现不少摄影新秀。第三,摄影活动档次越来越高。4 年中我们开展了为期四季的"全国摄影名家走进潇洒桐庐"等活动,请进来讲课与走出去采风也引人入胜。第四,摄影平台丰富多样。除了创办《桐庐摄影》刊物外,《富春文苑》

艺术专刊、《今日桐庐》富春读图版和桐庐新闻网、桐庐摄影论坛、桐庐发布、同乐汇微信平台等都成了发表摄影作品的极佳园地。桐庐最美县城与美丽乡村的知名度、美誉度的提升，毫无疑问有全县摄影家的一份功劳。第五，摄影作品成果越来越丰硕。4 年中我县摄影作品频频在市级以上展赛中入展获奖，有的还登上《中国摄影报》的大雅之堂，甚至我县摄影家还凭借摄影作品应邀赴京参加中国文联迎新晚会……

4 年来，我县摄影界所做的工作和取得的成绩可喜可贺。县摄影家协会功不可没，值得点赞。这次摄影艺术展是对 4 年成就的一次全面、直观展示，入展的 100 件作品是从百余名摄影家递交的 600 余幅作品中经层层筛选、精挑细选出来的。这些作品题材广泛，风格多样，或构思精巧，或用光独特。每一幅作品无论是内容的表达力还是艺术的表现力，都值得称道。

本次摄影艺术展由县文创办、县文广新局、县文联共同主办，由县摄影家协会、县政协摄影书画会承办，叶浅予艺术馆协办，在此，请允许我代表组委会向所有为本次展览付出努力的同仁致以深切的谢意！

祝桐庐县第四届摄影艺术展圆满成功！

祝桐庐的摄影艺术之花怒放出更加绚丽的色彩！

2015 年 10 月

为"桐庐摄影"喝彩

——《桐庐摄影》创刊号发刊词

继年初县书法家协会会刊《桐庐书法》精彩问世之后，经过短短几个月的筹备，县摄影家协会的会刊《桐庐摄影》又闪亮登场了。全县文艺工作者都应该为之喝彩。

近几年来，县摄影家协会十分活跃，充满活力。县内大大小小的活动和城乡之间都少不了摄影发烧友的身影，他们用手中的长枪短炮捕捉一个个精彩瞬间，为全县经济社会发展和人民生活现状记录下艺术的呈现。县内外的摄影艺术交流层次越来越高，范围也越来越广，仅2010年一年中省摄影家协会主席吴品禾先生（现为名誉主席）就来桐庐三次。来桐采风创作的省内外知名摄影家接踵而至，为宣传潇洒桐庐品牌发挥了摄影的独特作用。在这样的交流中，我县摄影的水平也突飞猛进，影赛频繁，佳作叠出。

《桐庐摄影》创刊号封面

去年陈俊的摄影艺术作品《空洞的灵魂》还跻身第 23 届摄影"国展"，实现了我县历史上零的突破。可喜可贺。县摄影家协会连续 4 年被县文联评为先进协会，当之无愧。

如今，在县财税局等部门的大力支持下，《桐庐摄影》诞生了，它是我县摄影爱好者们展示艺术才华、交流摄影心得的平台，是宣传潇洒桐庐自然与人文风情的窗口，衷心希望全县摄影爱好者共同来呵护它，培育它，让这一朵艺术奇葩茁壮成长。

潇洒桐庐，江山如画。我始终认为生长生活在桐庐是幸运与幸福的。如果你能拿起相机，对准桐庐任何一方山山水水、村村落落按下快门，或许就能诞生一幅优美的作品。真诚地欢迎有更多的人能加入到摄影爱好者的队伍中来。

为了这门瞬间而又永恒的艺术，让我们一起发烧吧！

2011 年 11 月

Chapter

02

书 里 卷 二

（后记选）

《杏坛笔墨缘》后记

　　承蒙杭州市作家协会推荐，我的作品集《杏坛笔墨缘》由青海人民出版社出版了。这对我来说是一件梦寐以求的事情。

　　记得2001年年底我40周岁生日时，我曾经写了《四十抒怀》一诗，其中有一句为"半生惟有书墨缘"。此句的意思一是自从上学开始直到现在我的经历都与读书教书相关；另一层意思是自从读中学开始我就非常喜欢舞文弄墨，特别是大学毕业回到母校浙江省桐庐中学担任语文教师的10余年时间里，我在教学之余一直笔耕不辍。这倒并不是为了圆我的作家梦，而是一方面作为语文教师应不断锤炼自己的基本功。著名教育家叶圣陶先生生前就竭力倡导语文教师应"下水"作文。我在这一实践中也尝到了一点甜头，并且曾在《浙江教育报》写了《教师下水 一举多得》一文介绍了我的体会。离开学校到了教育行政部门工作以后，尽管文学创作的作品几乎停笔了，但一些关于教育问题的言论、随感、

《杏坛笔墨缘》 董利荣 / 著

调查报告乃至序言也写了一些，这些文章能够写得顺手我想是与自己一直以来坚持笔耕是分不开的。另一方面，我始终认为业余时间更多地花在读书、写作上，会使自己的人生显得更加充实。因此，回首往日岁月，能够与书墨结缘，用笔墨留言，我感到无怨无悔。四十而不惑，能够出一本书，便无疑是对我的前半生的最好留念。

　　书名之所以取名《杏坛笔墨缘》，也有两层含义：一是我自从参加工作以来一直忙碌在教育领域内，一晃到今年8月已满20

周年了，但我依然身在杏坛，心系教育，拙诗"来日甘愿桃李芳"已经直抒胸臆了；二是所收文章大多是与教育教学工作相关的。可以说，这本作品集也是我从事教育工作 20 周年的一个纪念。

此书是我从 1983 年至 2002 年这 20 年间已经在国家级和省、市级报刊公开发表的百余篇各种文体的文章中选择了一部分（当然也选了数篇虽未在正式报刊发表，但已在一定范围内公开过且我自己也较为满意的文章）结集而成的。全书共 4 辑，第一辑"笔墨人生"主要收入了我早年研究瞿秋白、鲁迅的一些传记、随笔和论文，还收入了几篇人物散文、小小说等；第二辑"走笔山水"收入了我的几篇写景散文、游记；第三辑"杏坛笔谈"是我关于教育等问题的一些所思所想所感所悟；第四辑"文史随笔"是我在做语文教师时的一些有关文史的见解与评论。为了尊重历史，这些作品大多保持了原貌，只是个别文章作了一些增删，也有几篇改动了标题。文章千古事，但得失还是让大家去评说吧。

全国第五届茅盾文学奖得主、浙江省作家协会副主席、著名作家王旭烽女士欣然应诺，为拙著拨冗写序，在此请允许我对旭烽女士送上深深的祝福与感谢！

同时也衷心地感谢所有关心、关注和关爱此书问世的亲人和朋友们！

是为后记。

2003 年春节于富春江畔

《范仲淹与潇洒桐庐》后记

　　经过数易其稿，《范仲淹与潇洒桐庐》这本小书终于定稿付梓了，它仿佛是我的又一宝贝儿子，倾注了我的心血与希冀。

　　去年年底在思考 2009 年度县文联工作思路时，我们把编写出版"潇洒桐庐人文丛书"作为来年重要工作之一列入计划，因为我们认为在建设文化名县的过程中有计划地推出一系列深度挖掘、系统整理的有关桐庐的人文史料实在是很有必要的，这也是地方文化软实力的重要体现。这一设想得到了县领导的充分肯定，并被列入"2009 年全县宣传思想工作要点"的工作之一，明确要求尽快启动，争取今年出版 1 至 2 册。

　　然而设想虽好，工程却是繁杂的，毕竟县级水平，条件有限。年初吴玉凤部长一行走访县文联时我汇报工作中谈到了完成这一工程的困难。玉凤部长笑着说道："董老师你带头写一本吧。"当时我只把它当作玩笑话，并没在意，只是一笑而已，因为想来

《范仲淹与潇洒桐庐》 董利荣／著

这是不可能的。然而事后想想，总要有人开头，我何不真的写一本呢。这正印证了一句话："我不下地狱，谁下地狱。"

决心虽定，谈何容易！首先面临的问题就是选题。实话实说，桐庐名人或与桐庐有关的名人之前我虽有所涉猎，但也只是了解皮毛而已，要写一本书岂是轻易之举，何况时间又如此之紧。自加压力吧。凭我的兴趣与情感，我选定"范仲淹与潇洒桐庐"作为研究目标，原因如下：一来我在中学时就熟读范仲淹的《岳阳楼记》，且不说其流传千古的优美文采令我钦佩，他那万人称颂的"先天下之忧而忧，后天下之乐而乐"的宽广胸怀更令我敬佩。二来"潇洒桐庐"已成为今日桐庐县域与城市品牌，成为桐庐对外宣传最佳广告语，成为桐庐人的精神支柱，选择"潇洒桐庐"的原始出处深入挖掘、深度解读，作为"潇洒桐庐人文丛书"的开卷之作，显然是恰如其分而又非同寻常的。三是我常常会遇到外地人问"桐庐为何叫潇洒桐庐"？我只知道来源于范仲淹写过的 10 首均以"潇洒桐庐郡"开头的赞美桐庐的诗。然而，范仲淹为何会写此诗？他与桐庐的关系究竟如何？桐庐郡究竟是怎么回事？他与严子陵、方干有着怎样的联系？他的诗《潇洒桐庐郡十绝》如何理解？等等等等的问号不用说我不求甚解，相信绝大多数桐庐人也是不甚了解的，外地人就更不用说了。我以为选择这一课题深入研究的确很有必要，这一选题的历史与现实意义显然是不言而喻的。

其次面临的当然是资料缺乏。在此之前我手头只有县里前些年出版的诗文集中有关范仲淹的十几首诗与《严先生祠堂记》等文。于是，我托新华书店的同志帮我寻购有关范仲淹的书籍。感谢他们细心的服务，很快帮我购得《范仲淹全集》《范仲淹评传》等书。同时我得感谢县档案馆、县图书馆领导、芦茨村村干部和村民、保尔兄等人为我提供有关资料。

第三个面临的困难便是时间紧，任务重，且当初经费也未明确保障。然而，决心已定，说干就干。这就是我的处事风格。

　　于是，我开始陷入了学究式的生活。多少个夜晚和双休日我都陪伴在千年之前的大人物范仲淹身边，并且我还力求走进他的心田。《范仲淹全集》厚厚的三大卷，且是繁体字印刷，给我的阅读理解造成困难；那些古诗更是不求甚解。于是平时偶尔一用的《辞海》成为我那段时间的最好助手。

　　这样的阅读尽管是艰涩的，但也是愉悦的。在阅读中，范仲淹的形象在我脑海中渐渐丰满起来，鲜活起来。我为他的完美人生而折服，为他的丰富诗文而叹服。尤其出乎我意料的是，范仲淹全集中竟然有这么多处提到桐庐郡或桐庐的诗文，每每看到"桐庐"两字，我的眼睛就会一亮，心跳也会加速。于是我把有关桐庐的内容全都圈划起来并夹上小纸片，以便精读和写作时援引。

　　在精读和研读中，范仲淹与桐庐的关系在我心目中渐渐明晰起来，一些原有的疑问也渐渐迎刃而解，许多有关桐庐的诗文也在反复诵读中渐渐了然于胸，正所谓"读书百遍，其意自现"。准备基本就绪之后，我尝试着写了篇文化散文《宋朝有个范桐庐》，算是本书的浓缩版，在县内媒体和杭州《政协通讯》杂志等处发表后反响良好，增强了我的写作信心。

　　于是，我在气温最高的季节以最高的创作激情开始了这次艰难而畅快的写作……

　　在此，我要由衷感谢县领导给我的激励与支持，使我能够抛弃顾虑，坚定信心。尤其要感谢县委书记戚哮虎同志在百忙中为拙著拨冗作序，这无疑是对我莫大的鞭策，也是对全县文艺界的关怀与厚爱。

　　特别感谢著名美术史论家、中国美术学院博导王伯敏先生和杭州市书法家协会主席、著名书法家王冬龄先生分别题写书名和题签。王老还专程创作《范仲淹游桐庐郡》小画一幅作为本书插图。

　　感谢我的妻子给我精力上与时间上的理解与支持，是她在双休日承担了更多的家务才使我有更多的时间研究与写作。另外，我县文艺界的朋友们也给了我极大的鼓励与帮助，他们慷慨提供书法、摄影、绘画、篆刻等作品，富春广告也为本书搜集图片资料，使本书能图文并茂，在此一并表示深深的谢意。

　　最后，我还要由衷地说一句，由于时间紧迫、资料缺乏，加上本人水平所限，本书疏漏与谬误之处在所难免，敬请读者朋友不吝指正。

　　《范仲淹与潇洒桐庐》无非是一块砖石，抛砖引玉，盼望全县文艺界同仁今后能为"潇洒桐庐人文丛书"提供精品力作，共同为"繁荣桐庐文艺，建设文化名县，提高生活品质"做出更大贡献。

　　今年恰好是范仲淹诞辰1020周年，新中国成立60周年和桐庐解放60周年，谨以此书献给我所崇敬的范文正公，献给我深爱着的祖国，献给我爱入骨髓的"潇洒桐庐"。

2009 年 10 月于富春江畔听绿斋

《范仲淹与潇洒桐庐》再版后记

为挖掘与宣传"潇洒桐庐"这一县域与城市品牌，探究其历史由来、原有含义和当今传承，我于 2009 年写了《范仲淹与潇洒桐庐》一书。书稿完成之时，正值第三届中国范仲淹国际学术论坛即将在杭州召开之际。记得是那年 11 月中旬的一天，中国范仲淹研究会负责人范国强先生和时任浙江省政协常委、民宗委主任、杭州市历史学会会长赵一新先生等一行，来桐庐协商与会人员参观严子陵钓台事宜。县领导通知我一起参与接待，我在惊喜之中带着书稿前往。结果让范国强一行深感惊喜，他们没有想到在一个小县城还有人写了范仲淹研究的专著。为此，范国强先生当场建议，在桐庐设立分会场。并希望我尽快出版此书。

于是，那几天我几乎天天泡在富春广告袁东明兄的工作室，连续几个晚上通宵达旦。稿子送往出版社后，责任编辑朱晓莉老师以最快的速度审稿完成，改了许多用语不够规范的地方。2009

《范仲淹与潇洒桐庐》 董利荣/著

年11月28日，第三届中国范仲淹国际学术论坛在杭州师范大学开幕之际，带着油墨清香的《范仲淹与潇洒桐庐》一书已分发到每个代表手中。在此，我要向初次出版此书的西泠印社出版社致以崇高的敬意！

此书出版之后，得到了一定的欢迎与好评。特别感谢浙江省作家协会于 2010 年 6 月 11 日组织谢鲁渤、孙侃、杨新元、赵健雄、孙昌建、周维强、李利忠、赵柏田、龙彼德、高松年、杨新华等知名散文家、评论家来桐庐召开研讨会。会后《浙江作家》杂志和《浙江作协信息》均刊登《省作协召开董利荣新书〈范仲淹与潇洒桐庐〉研讨会》为题的简讯加以报道：

专家学者就《范仲淹与潇洒桐庐》一书的史料价值、文学价值、文化意义及书籍的艺术品质展开了讨论，肯定了作者的考证精神、写作手法和该书对当地文化建设的积极作用。

专家学者的肯定让我备受鼓舞。《浙江日报》原副总编辑、省作协副主席傅通先先生原本也参加可因故未来，事后他很快给我寄来其专著并附一信，全信如下：

董利荣同志：

您好！

很抱歉，因出差未能参加您的大作研讨会，但仔细拜读了一遍，获益匪浅。我年初出了本"万金油"式的书，寄上一册，请指正。桐庐是一方风水宝地，山水怡人，人文荟萃，是我到过的浙江各县印象最深、次数最多的县市之一，所以读来特别亲切。谢谢您！

即颂

撰安

　　　　　　　　　　傅通先

　　　　　　2010 年 6 月 16 日 江西归来时顿首

　　傅先生是我省文化界老领导，且诗词文书画摄影无不精通，对我这个无名小卒关爱有加，又如此谦逊，委实令我感动。省政协《联谊报》资深编辑赵健雄（方竹）先生还在《联谊报》发表书评《读〈范仲淹与潇洒桐庐〉有感》。另外，县内外的余守贞、赵明振、皇甫汉昌、潘学镐、郑莹等都写了诗文谈读后感。

　　嘉兴桐乡的范矛彧先生给县旅游部门的领导发来一则长长的手机短信，写道：

　　近日不经意间翻起了贵地董利荣先生所著的《范仲淹与潇洒桐庐》，顿觉赏心悦目，潇洒飘逸。小董一路潇洒写来，我一路轻松读去，一路的浩然正气，却又无一点沉重苦涩的滋味。一个大气洒脱的伟人范公矗立在眼前，一个美丽可亲的桐庐一层层向你推进，小董接触范研不长，却能独辟蹊径，以写潇洒范公取胜，又张扬了家乡的山水之美，精神之美。小董视觉选材堪佳，写作手法通俗，书籍制作精美，又不失为一部地方性"范研"著作。桐庐会更兴旺！旅游会更兴旺！

　　后来我们在北京大学开会正巧同在一桌吃饭，当他得知我的姓名后很高兴地与我相认。从此我们成了经常联系的忘年交。前不久当他得知桐庐范仲淹纪念馆即将落成，给我寄来两套他收藏的台湾范仲淹研究资料捐赠给纪念馆。

此外，围绕着这本书还发生了不少有意思的故事，我曾写过一文记叙二三，现已收入再版书中。

这些年来，我除了在杭州师范大学举办的第三届中国范仲淹国际学术论坛上做学术交流和在桐庐分会场作主题演讲外，2012年12月在北京大学举办的第四届、2014年10月在苏州大学举办的第五届和2016年10月在湖南岳阳市举办的第六届中国范仲淹国际学术大会，我都提交论文并作了学术演讲，而且都围绕着范仲淹与桐庐做文章，因为我的立足点主要是为宣传推介潇洒桐庐尽一点力。

"潇洒桐庐县，征帆第几程。"近些年来，桐庐县委县政府一届接着一届干，不断开创潇洒桐庐新局面。从确立"潇洒桐庐"县域与城市品牌的全新定位，到提出"中国画城·潇洒桐庐"城市概念，真正体现这一品牌蕴含着独特的山水禀赋、深厚的人文积淀和与时俱进的时代元素。

桐庐县第十四次党代会提出"努力建设山清水秀民富县强的美丽中国桐庐样本"的奋斗目标，这一目标本身就是"潇洒桐庐"的题中之义。因而2017年2月《政府工作报告》提出今后5年要"奋力推动'潇洒桐庐'实现新跨越"。

如今，范仲淹纪念馆即将在桐庐落成，同时在桐庐成立中国范仲淹研究会浙江分会。为庆贺这两件喜事，决定由中国文联出版社重新出版《范仲淹与潇洒桐庐》一书。除原书稿的内容外（略作修订），增加了附录部分，是我这些年来在历次中国范仲淹国际学术大会上的交流论文和有关范仲淹的散文随笔。

再版书名终于用上了人民日报原总编辑、范仲淹第二十八世孙范敬宜先生的手迹。当年范国强先生回京后帮我向范老请题书名，范老很认真地写了多条，有横写有竖写，有繁体有简体，并选择几条写上"范敬宜谨题"的落款并盖印，这种一丝不苟精益求精的精神令人肃然起敬。遗憾的是，当年我拿到墨宝时书已开印，于是用范老手迹印制了一枚书签。这次再版书名选用范老墨迹，算是弥补了当年的遗憾。我决定将范敬宜先生的手迹捐赠给范仲淹纪念馆展陈，让人们从中领略范公后裔的高尚品行。

感谢中国范仲淹研究会会长范国强先生在百忙之中为本书再版写序。为写此序他认真阅读拙著，写作直至深夜。当我第一时间拜读其序文大作后，深为感动，唯觉受之有愧！

辽宁通辽市书法家协会副主席著名书画家单文海先生得知此书再版，专门寄来一幅自作诗书法作品，以示祝贺：束发就读岳阳楼，老来尚能背如流。范公忧国忧民志，此生为铭常自修。单先生诗意同样也表达了我的心声。

最后，一并感谢为本书再版给予帮助的各位领导和朋友。

2017 年春于富春江畔

《父母的无悔人生》后记

　　《父母的无悔人生》书稿终于在断断续续中写完了。之所以想写下父母的人生经历，源于去年我在整理父母的遗物时，发现了父母留下的诸如结婚证书、毕业证书、获奖证书和履历表、鉴定表等一些物件，这些印证他们人生轨迹的物件，引发我想要追寻父母一生历程的兴趣。

　　于是，有一度我每天晚上在家里翻看这些遗物，研读那些饱含岁月的文字，心怀虔诚，满怀思念。

　　我的父母是有经历有故事的人。可家中的资料对于了解父母的一生经历来说毕竟少得可怜。于是，我几次去县档案馆、县农行、县妇联查找资料，感谢这些单位的领导和工作人员给予我的支持与帮助，使我在父母的档案中找到了许多珍贵的资料，让我较为全面完整地了解了父母的一生和他们的心路历程。尤其是父亲早年所写的《自传》和母亲的《入党申请书》等材料，弥足珍贵。

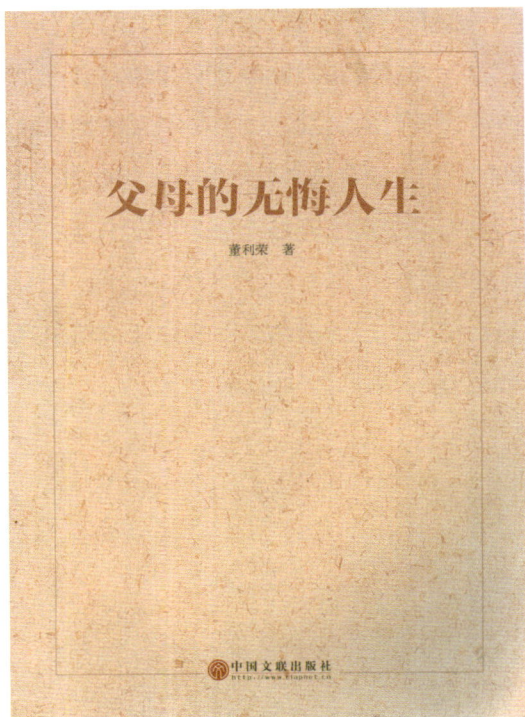

《父母的无悔人生》 董利荣 / 著

从中我不仅了解到父母的早年经历，更看到他们对党、对祖国、对人民的深厚情感。

我的父母是普通的平凡的人。因此，我在写作时尽可能写得平实，并没有用华丽的语言，铺张的描写。而是用史实说话，用事实记录。其中贯穿我的所见所闻所感，力求真实，更求真情。

　　我的父母并没有给我们留下多少家财，可他们丰富的人生经历却是我们家的宝贵财富。我觉得我有责任将其记录下来，呈现给世人，更传承给我们的后辈。如果我们家的优良家风能够代代相传，那么我想，父母的在天之灵一定会十分欣慰。

　　如果我父母的人生经历能够给读者朋友一点启发与思考，那么，我也心满意足了。

　　写下这篇后记时，已近清明，"每逢佳节倍思亲"，请允许我向我的父母送上深深的思念与祝福。

2014 年 3 月

《知己——瞿秋白与鲁迅》后记

用传记文学的形式把瞿秋白与鲁迅的交往始末再现出来，是我的一个夙愿。

为此，我早年曾反复阅读有关瞿秋白和鲁迅的回忆文章、研究论文，细细品读瞿秋白与鲁迅的作品，尤其是认真研读他俩交往期间的书信、日记等，收集了大量创作素材。早在我大学毕业参加工作不久，我就尝试着写下了瞿秋白与鲁迅的故事。后来因故暂停了许多年，直到最近，才决定重新将瞿秋白与鲁迅的故事呈现出来。

我可以负责任地说，这篇作品中的基本情节和大部分细节都是有据可查的。绝大部分对话，也是语出有据的。有的甚至直接使用原文，因而一些字词也保留原貌，未按现在的书写规范更改。

历史人物的传记文学创作原则是"大事不虚，小事不拘"，我甚至连小事都不敢过于虚构。当然，力不从心的是，限于本人

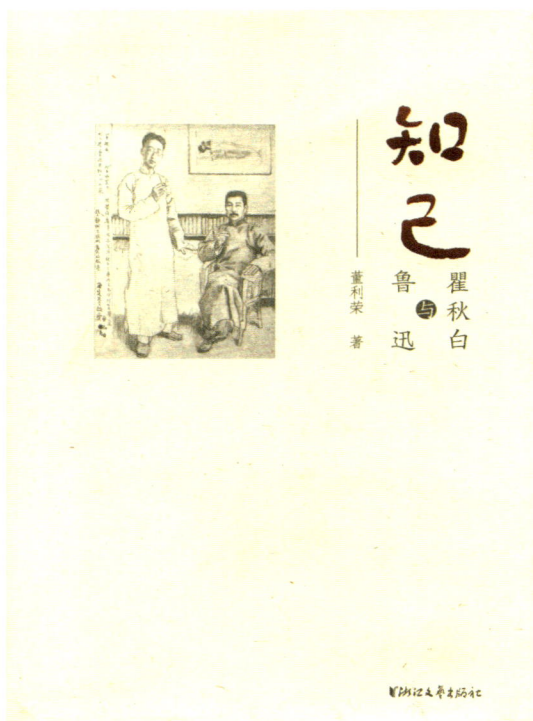

《知己》 董利荣 / 著

的才力与笔力，作品的表现力一定还不尽如人意。倘若这本小书，能够带领读者走进瞿秋白，走进鲁迅，了解他们之间这段千古传颂的知己之缘，我就心满意足了。

感谢茅盾文学奖得主、著名作家王旭烽女士在百忙之中为拙著作序。对我来说，无疑是莫大的鼓励。

　　感谢出版社的赏识与编辑们的努力。为收集本书所用相关图文资料，多次联系鲁迅纪念馆、徐悲鸿纪念馆等处，得到他们的大力支持。对于本书文字，更是严格把关，精益求精。这种认真负责的工作作风令我肃然起敬。

　　2019年是瞿秋白诞辰120周年，更是中华人民共和国70华诞。无数像瞿秋白这样的革命先烈，抛头颅洒热血，为的就是迎来新中国。今天，我们完全能够以新中国成立70年来的辉煌成就告慰先烈们了。

　　谨以此书纪念瞿秋白诞辰120周年。又以此书为中华人民共和国成立70周年献礼！

2018年年末

《诗说桐庐》跋

桐庐，因为天下独绝的奇山异水、得天独厚的水上交通和独领风骚的钓台古迹，古往今来，成为历代文人雅士向往之地。他们在此流连忘返，吟诗填词，留下数以千计的诗词佳作，为桐庐积淀了深厚的"诗词文化"，也为桐庐留下流传千年的"潇洒桐庐"美誉。

富春江尤其是桐江段历代诗词佳作，是一座丰富的矿藏，值得我们去探寻，去发现，去挖掘。从而在研究中传承，在传承中弘扬。

因为热爱，所以投入。这么多年来，我把大部分业余时间都花在读诗研诗上，从历代富春江诗词中，寻觅桐庐的美景名人风土人情，寻觅桐庐之潇洒。在研读中不断有新发现新收获。我对范仲淹开展研究，就是从阅读富春江诗词开始的；去年发表于《人民日报海外版》关于王阳明与桐庐严滩的文史散文，也是研读钓台古诗的意外收获；又先后提出"桐庐是我国茶文化的发祥地""桐

《诗说桐庐》 董利荣 / 著

庐是中国山水诗的发祥地"，这些观点受到省市有关专家和县领导的关注，分别予以采纳。2016 年我还应杭州商学院之邀给大学生们开设了一门"富春江诗词文化赏析"的通识课。时任学院党委书记严毛新先生为我赠诗一首："富春江畔诗桐庐，引经据典董名儒。塘墕归云商学子，仲淹子陵入心途。"只是我受之有愧。

去年，我县邀请浙江师范大学诗路文化研究院编制桐庐诗路文化建设规划。我受县发改局之邀多次参加相关活动，提供有关资料，并赴浙师大人文学院和诗路文化研究院交流考察，为规划编制建言献策。对我来说，能够通过富春江诗词文化研究与弘扬，为我爱入骨髓的潇洒桐庐贡献一点绵薄之力，无疑是幸福的。

感谢桐庐县文化和广电旅游体育局在"'潇洒桐庐'富春山居文旅丛书"项目中，选择《诗说桐庐》作为开篇之作，并在序中对本人的研究给予肯定。我乐意无偿提供这批文稿。但愿本书能够为桐庐文旅融合发展抛砖引玉，为钱塘江诗路文化带建设助一臂之力。

《诗说桐庐》分为4个版块编排，"桐江诗论新说"是较为完整地提出新观点新思路的几篇诗论；"诗中寻味觅色"是一组诗话随笔，包括前几年连载的专题文章"桐庐与山水诗"，这部分文章切口不大，轻松活泼，在写法上做了点探索与尝试；"走近诗人诗作"是与某位诗人密切相关的诗论和介绍诗人的散文；最后一部分诗词赏析小文，以桐庐、富春江、桐君山、严子陵钓台等重要节点编辑，以求让读者"品诗词游桐庐"。限于篇幅，选诗不多，好在前三部分文章中精选有100余首完整的诗词和几百条金句，有的也作了简要赏析。本书就像我集中交出的答卷，期待各位方家评判。

感谢鲁迅文学奖得主、浙江省散文学会陆春祥会长拨冗为拙著作序。

感谢为此书问世给予支持帮助的各位亲朋。

最后，谨以宋代大文豪苏轼《和董传留别》中的名句"粗缯大布裹生涯，腹有诗书气自华"与读者朋友们共勉。

2020 年春于富春江畔

《一瓢细酌》后记

　　《一瓢细酌》是我的又一部散文集，承蒙浙江省散文学会和春祥会长的厚爱，让我有幸将这部集子呈现在读者面前。

　　本书中的作品，是我最近 10 余年来发表于《人民日报海外版》《中国艺术报》《文艺报》《浙江日报》《散文百家》《浙江作家》《浙江散文》等报刊的散文中精选出来的。编为 4 卷，第一卷"景与境"，是以桐庐县境或一乡一镇（街道）乃至一村为境域写作的散文。其中第一篇《桐庐四题》值得一提。此文写于 2007 年 4 月中旬，那时我将告别从事整整 24 年的教育工作，从县教育局副局长的岗位调任县文联主席。从事整整 24 年的教育工作，尽管我有很深的教育情结，但我暗下决心，要不负组织的信任和文艺界同仁的支持，一方面为繁荣桐庐文艺努力工作；另一方面我也打算重拾搁置多年的文学爱好，重启文学创作的暂停键。而且我给自己的定位是多写桐庐景桐庐事、身边人身边物，我想用自己的文思文笔去宣传推

《一瓢细酌》 董利荣 / 著

介我爱入骨髓的潇洒桐庐。公示期间的那几天，仿佛是我职业生涯的空窗期，于是我对县里当时所提的"四个桐庐"做了深度思考，写成此文，很快被县内媒体用醒目的标题刊登，受到大家的关注。此文几乎为我此后的写作定了基调，也是我人生经历转型的标志。因此，把它列为本书开篇之作，理所当然。第二卷"人与情"当然是写人的，而且都是与桐庐相关的古人与今人。也想着重说一下的是，写于 2009 年 6 月的《宋朝有个范桐庐》一文，是我当年想学梁衡先生的笔法创作的第一篇历史人物散文。此文拉开了我业余从事范仲淹研究的序幕。而且因为范公研究，后来我与梁衡先生多次见面，他还两次来到桐庐。当然，梁先生的学识才思我望尘莫及，他的文笔我也仅学了点皮毛。历史人物散文的确不好写，非下苦功夫不可。后来本打算写一写桐庐分水籍唐朝著名诗人徐凝，取题《凝望徐凝》并开了个头，终因对徐凝凝望不够而搁笔。另外，本已编入本卷的《瞿秋白的最后一天》（发表于 2016 年 7 月 6 日《中国艺术报》）和当年为配合 G20 峰会发表于杭州媒体的《三位古人与一个西湖》这两篇，在目录中怎么放都觉得不妥，只能忍痛割爱。第三卷"思与事"，是一组状物记事谈感想的文章，其中有我的一些人生思考。第四卷"见与闻"，是我这些年来受省作协、省散文学会、省报告文学创委会等单位之邀参加采风和调县人大工作后外出考察的见闻录，尽管是庐外风情，但绝大部分又与桐庐有渊源。

　　总之，这部作品几乎是一部桐庐地方文化散文集，是我献给生我养我的这片土地的一瓣心香，也是献给热爱这方水土的人们的一瓢茶香。至少，我是用心一瓢细酌的，邀您品尝，但愿能够合您的口味。

　　最后，感谢为本书问世给予支持帮助的各位亲朋！

2020 年春于富春江畔

《通达天下》跋

　　2012 年国庆节前夕，我接到县里交给的一项任务，要求县文联配合钟山乡写一本书，客观真实地反映桐庐籍快递人的创业历程，宣传弘扬快递精神，争取尽快出版发行。

　　这是一项全新的任务，时间又如此之紧。为此，县文联马上与钟山乡领导进行对接商议，明确相关事宜。首先根据本书性质决定创作一部报告文学集，以增强本书的可读性与影响力。其次确定写作对象。因为名列全国十大民营快递企业的"三通一达" 4 家企业是桐庐人创办的，而其中申通、中通、韵达的老总都是地地道道的钟山人，圆通老总尽管是横村凤联人，但其妻子是钟山人，他算半个钟山人，因而钟山乡决定将他也列入写作对象。这样，"三通一达"便能完整反映了。再次是确定了写作主题。这部作品的创作目的是要反映桐庐籍快递人的创业历程，探究桐庐成为"中国民营快递之乡"的根源所在，从而揭示出快递精神的实质，因此

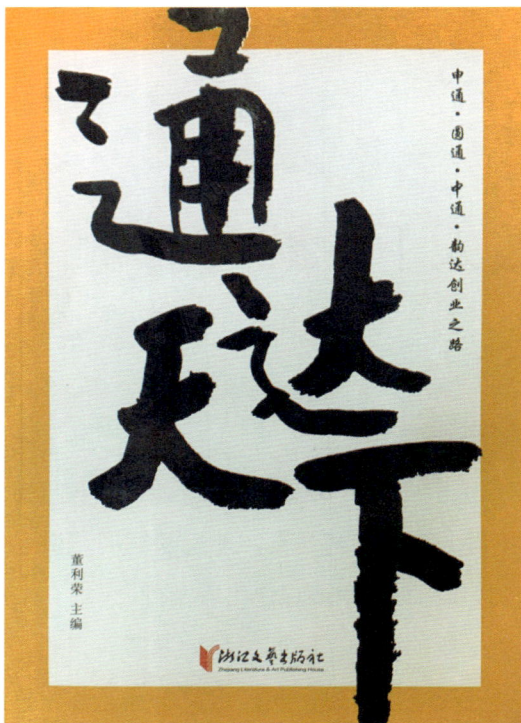

《通达天下》 董利荣／主编

作品的定位必须发于钟山，立足桐庐，面向全国。于是我们一致认为必须增加一篇《桐庐快递崛起之路》（也即桐庐成为"中国民营快递之乡"成功之路的报告文学）。分写 4 家快递企业的 4 篇报告文学，重点也应放在各自的创业奋斗历程和目前的成功经验上，兼顾反映企业文化与未来前景。这样，全书的结构也就顺利产生。

除首尾序和跋外，正文部分由 5 篇报告文学组成，一篇总写，四篇分写，标题统一为"××之路"，书名也呼之而出：《通达天下》。

达成以上共识之后便是各自的分工。钟山乡负责与各家快递企业的联络沟通工作，解决本书采访、创作与出版的相关保障条件，县文联则负责本书的采写、编辑与出版等事宜。

随后，县文联立即成立了由我担任负责人的 6 人创作小组，成员有缪建民、李龙、童水奎、孟红娟、闻伟芳。尽管这些成员都是我县作家协会中的佼佼者，但由于其中大多数是第一次接触报告文学，又加上各自都有本职工作，写作任务之重可想而知。然而，大家豪情满怀，不畏困难，欣然接受任务。

于是，我们赴上海、去杭州、到钟山、进横村……

于是，我们听介绍、查资料、看企业、访乡村……

大家以最快的速度于春节过后就拿出了各自分工创作的初稿。之所以如此迅速，是因为快递的特色"快"促使我们快快创作，更因为快递人的创业事迹激发了我们的创作激情。

当然，现在呈现在读者面前的并不是我们的初稿。有的几易其稿，有的完全推倒重写又多次修改，直到满意为止。我可以负责任地说一句，这些作品的创作，我们已经尽心尽力了。

在本书的采访、创作过程中，钟山乡的领导给予鼎力相助。4 家快递企业密切配合，提供方便，除 4 位老总亲自接待我们，抽空与我们畅谈创业经历和成功经验外，还特意安排沈涛、宋挺（申通）、钱水根、黄新亮（圆通）、何坤、刘涛（中通）、周柏根、王玲（韵达）等高管为采访与审稿联络人，他们的热情与认真令我们感动，在此向他们表示感谢。

感谢县委书记毛溪浩为本书作序，对我们的创作给予肯定，使我们深受鼓舞。更重要的是，毛书记通过本书的创作出版，对弘扬快递精神，激发全县干部群众努力实现"桐庐梦"提出了希望与要求。

感谢浙江理工大学教授、鲁迅文学奖得主、著名报告文学作家朱晓军先生也在百忙中为本书作序，他的肯定让这部报告文学集锦上添花。

另外，著名书法家朱关田先生欣然为本书题写书名，在此深表感谢。

还要感谢出版社编辑老师的认真负责态度与精益求精的作风，使本书能以令人满意的面貌呈现给广大读者。

最后，向所有为本书问世提供帮助的人们一并致谢。

2014 年 12 月

为她相聚为她忙

——《"书画之城　魅力桐庐"雅集创作——美丽桐庐名家画》后记

　　"画史南山"王伯敏先生曾经叹道："噫乎兮！潇洒的桐庐，这一诗人忘返画家忙的地方，是为天然画城。试问，江南有几何。"

　　的确，桐庐作为"中国画城""中国最美县城"，当之无愧。画家怎能不为她相聚为她忙！

　　记得 2010 年 11 月至 2011 年 4 月，中央文史馆、国务院参事室为创作长卷巨作《新富春山居图》，曾先后三次组织祖国大陆和港、澳、台地区的数十名画家前来桐庐采风创作，画家们对桐庐境内的富春山水赞不绝口、流连忘返，都盛赞桐庐是个写生作画的好地方。其间我认识了一位画家，从名片上得知他叫汤余铭，笔名北雁山人。陪行途中我见汤先生的脸上始终洋溢着对桐庐山

《"书画之城 魅力桐庐"雅集创作——美丽桐庐名家画》

水人文的喜爱，言谈中更是如此。一旁的另一位画家还向我透露他是著名演员汤唯的父亲，让我一下子加深了对他的印象。

2011年9月8日，66米长卷《新富春山居图》在国家博物馆开展，同时入展的还有两岸四地的60幅国画。我和县委宣传部忠明部长作为桐庐县代表应邀赴京参加画展开幕式，其时我又遇上汤先生，再次相逢，便更亲切。

一晃几年过去，让我没有想到的是，由汤先生任艺术总顾问的"浙江聚翰文化艺术有限公司"能够落户桐庐，并在桐庐创立"聚翰美术馆"。前段时间，聚翰文化总经理祁俊来县文联商议举办"美丽桐庐名家画"活动，当他得知我与汤先生早就熟识时，诚邀我去"聚翰美术馆"一聚。

聚翰美术馆设在迎春南路金碧辉煌的建业大厦25楼。走进"聚翰美术馆"，满目都是汤先生的画作，无论是佛像佛地还是山水胜境，都让我惊叹于汤先生画作的逼真与传神。他近年来致力于世界文化遗产题材的创作，已在香港等地举办多场画展，并在《中华书画家》杂志推出"汤余铭专辑"。不一会，汤先生从画室出来，他依然精神矍铄，和蔼可亲，而汤先生与我们的一番交谈更让我们桐庐人倍感欣喜。

原来，汤先生除在杭州、北京有居所与工作室外，省内多地如温州、丽水等市都希望他能前去设立工作室，并且承诺提供便利条件。然汤先生说，自从前些年到桐庐采风之后，他对桐庐山水环境念念不忘，而且他女儿汤唯也认为桐庐是个好地方。于是便有了"聚翰文化"落户桐庐的心愿与举动。

或许因为有"聚翰"的凝聚力和汤先生的感召力，又或许因为有桐庐山水风光的吸引力，由"聚翰文化"策划承办的"书画之城，魅力桐庐"雅集创作——美丽桐庐名家画活动得到许多画坛名家的积极响应。今年开春以来，孔仲起、肖峰、金家骥、汤余铭、何加林等20余名家先后三次来到桐声，采风创作了一批反映"中国画城·潇洒桐庐"自然风光与人文风情的国画，尽情展现书画之城桐庐的无穷魅力。

这些作品视角独特，色墨俱佳。如孔仲起先生的《钓台碧云中》，一江中流、两岸如簇，更显示钓台的高峻；肖峰先生的《翠岗图》青翠欲滴，唐松长青。再如汤余铭先生的《春江夜泊》宁静致远；何加林先生的《桐君春晓》生机盎然。其他如《环溪春晓》虚实相间，《芦茨胜境》远近相宜……

如今，这些佳作即将汇编成册并在美丽乡村环溪展出，祁总嘱我写点感想，于是有了以上班门弄斧的文字。

桐庐，这一"诗人忘返画家忙"的地方，盼有更多的画家为她相聚为她忙。

2014 年 4 月

书 外 卷 一

（书评选）

关于一本书的几个故事

为深入探究"潇洒桐庐"这一县域品牌的历史由来、原有涵义与当今传承，我于2009年写了一本小书《范仲淹与潇洒桐庐》。此书由西泠印社出版社出版，并在当年举办的第三届中国范仲淹学术大会上首发之后，产生了一定反响。更让我惊喜的是，这些年来，围绕着这本书，也发生了几个令我回味的故事，记录下来与大家分享。

故事之一：

大约是2010年年末，新华社浙江分社来桐庐召开全社会议。社长郭献文是当之无愧的文化人，其间县领导在一次接待时让我参与陪同。当郭社长听说我写了本有关范仲淹与桐庐的书后，便笑着对我说，你研究范仲淹，那我考你两个小问题。当他说了有关范仲淹生平的两个较偏僻的地名我都立马回答他后，郭社长竖着大拇指说，看来你是真对范仲淹有研究的。他还告诉我他对范仲淹也十分崇敬有所研究（应该是颇有研究）。难怪他会对我的研究课题感兴趣。那次见面，我当然郑重签名送上《范仲淹与潇洒桐庐》一书请他指教。

几天后，我偶尔听说，郭社长当晚在宾馆看我这本书，第二天回杭州途中想起书还忘在宾馆客房床头柜上，立马打电话给县委宣传部领导说叫人去宾馆把书放好，等他回杭后叫司机返回桐庐来取。部领导说那我们派司机给您送过去吧。

听到这个故事之后，尽管不知道其中细节，但郭社长能为一本书如此大动干戈，实在让我有受宠若惊之感。

2011年国庆长假期间，郭社长接待兄弟分社的同行来浙江考察，他想带客人到桐庐来，提前托县委宣传部领导转告我一定让我陪同，并希望给每位客人送上一本书。后来我在陪行时听社长助理说，他们一路都在听郭社长谈我的《范仲淹与潇洒桐庐》一书。

故事之二：

记得是2012年4月的一天早上，我刚到办公室落座不久，办公室主任便告诉我刚接到一个电话，说一位读者看了我的《范仲淹与潇洒桐庐》一书后想来见见我，问是否可以。我想我又不是什么名人摆什么架子，让他来吧。不一会儿，一位稍稍年长于我的中年男子匆匆走进我办公室，见面就说："老乡你好，你的书我实在太喜欢了，昨晚几乎看了一夜。今天起床心想一定要见见你，可查电话打到宣传部，他们不告诉我你的号码，只告诉了文联办公室主任的电话给我。接到你们回电时我刚离开宾馆打算去钓台，所以马上就过来了。"

初次见面，这位仁兄就给我留下十分健谈的印象。随后他向我详细介绍了想见我的缘由。

原来他叫安福海，是山东曲阜市财税局原局长，刚刚退位担任调研员不久，于是重拾绘画的爱好，来到杭州在中国美院进修国画。昨天抽空联系上桐庐财税局的朋友来到桐庐，住在红楼国际饭店，晚上在客房里读到《范仲淹与潇洒桐庐》一书。"昨天晚上本想把你的书一口气看完，可到凌晨3点实在困了便睡觉了。我从作者简介中得知你祖籍山东，便想今天一定要见见你这个老乡，可贵县宣传部的同志大概怕我是骗子，一定不肯告诉我你的电话……你的书写得实在太好了，我一定要向你求一本，回去后再好好拜读。"

见他说得滔滔不绝，我立马拿出一本书签上名请他指教。那天我们畅聊了一会，互留了联系方式，他便告辞了。

几天之后，我的手机收到一条短信，是他发给我的一首诗：

君为鲁故人，生长桐庐郡。

幼伴子陵台，常吟范公文。

健笔续潇洒，一书寄情深。

遥望青山里，董生才干云。

读董君大作有感戏成拙句寄呈见笑承教。壬辰三月廿六日，安福海请老乡方家一哂。

他的诗和落款文字读后让我颇有遇知音之感。事后我将短信转发给朋友帮我写成书法作品，以存纪念。

故事之三：

今年年初的一个双休日，我正在家休息。一位朋友打电话给我说，富春江美术馆正在举办一个关于"潇洒桐庐"的个人画展，这次画展因为是由你的《范仲淹与潇洒桐庐》一书而来，画家很想见见你，希望你能来一趟。

那天我本来家中有事，但想想这样的机会实在难得，便驱车来到富春江美术馆。只见展厅里挂满了大小不一的山水画作品，由于大部分作品画的都是桐庐景致，因而自然有一见倾心之感。这时友人向我介绍一位个子不高、其貌不扬的画家，交谈中得知他叫黄晓军，是江苏苏州人，自幼随父学习山水画，师承画家张大洲，曾出版《黄晓军画选》等集子，是当地有名的农民画家。这次应桐庐友人之邀，特地把80余幅关于桐庐的山水画作带到桐庐展出。"我这些作品完全是看了你的书激发了创作激情而专门创作的。"他对我说。而他在见我之前接受县内媒体记者采访时也着重讲了这批画与我的书的关系。我事后看到《今日桐庐》在《黄晓军个人画展亮相桐庐》的图文新闻中有这样一段介绍：

《黄晓军画选》

　　说起缘何会以桐庐作为自己的创作对象，黄晓军笑着说："也许这就是缘分，四年前，我到桐庐一位好友家中做客，一本名叫《范仲淹与潇洒桐庐》的书引起了我的关注，没想到就是因为这本书，了解到了桐庐的人文历史和自然景观，用四年时间创作了很多作品，再现范仲淹诗句中所蕴含的意境。"（《今日桐庐》2014 年

1月12日一版）

　　我在与他交谈中，一方面对他喜欢我的书表示感谢，另一方面更感谢他对桐庐山水的钟爱，并且把这种钟爱流露于笔墨，再现给世人。共同的话题让我们相谈甚欢……

　　我之所以不避自诩之嫌记录下和《范仲淹与潇洒桐庐》一书有关的几则真实的故事，并非为了自夸我的书写得有多么好，而是只想表达对我的书为宣传桐庐推介桐庐发挥了一定作用的喜悦与自豪。

2014 年 7 月

人生如书

——《父母的无悔人生》出版之后

　　我的长篇纪实散文《父母的无悔人生》由中国文联出版社出版了，正如我在"引子"中所言："我父母的人生，就像一本书，值得我一生去用心品读……"的确，与其说是我写了此书，倒不如说是我如实地记录了父母的人生这本书。

　　我在"后记"中已经交代了写作此书的缘由："之所以想写下父母的人生经历，源于去年我在整理父母的遗物时，发现了他们留下的诸如结婚证书、毕业证书、获奖证书和履历表、鉴定表等一些物件，这些印证他们人生轨迹的物件，引发我想要追寻父母一生历程的兴趣。"

　　在搜集、整理、研读有关父母的档案资料后，我于2013年11月份在杭州市委党校参加为期一个月的培训期间，正式构思框

《父母的无悔人生》 董利荣／著

架、编写提纲，并开始写作，到 2014 年 3 月底便完成了初稿。此后便是文字修改和设计排版。此书原先我并未打算出版，只想作为资料在亲朋好友间留存。写作期间我先后接待了朱晓军、孙侃等知名作家，当他们得知我在写作这样一本书时，都鼓励我正式出版，他们说写家族史的书很有意义，同样会对读者产生启发与教育作用。他们的鼓励提振了我的信心，正好当年杭州市文联在征集以"中国梦"为主题的文艺创作扶持项目。我把书稿提交后，得到了市文联领导与专家的好评，该书有幸忝列"杭州市文艺创作重点扶持项目", 让我欣喜。

书稿送交出版社后, 很快得到反馈, 责任编辑曹艺凡老师在给我的短信中说: "初读书稿很感动。沉甸甸的历史, 十分厚重。" 在此, 我要特别感谢出版社老师的认真负责态度, 建议我修改的文字和标点符号共有几十处, 如"想象"改"想像"、"其它"改"其他"、"辈份"改"辈分"、"浆糊"改"糨糊"等等, 使本书的用词更符合规范。我原稿中在父亲右派平反部分引录了"摘帽办"写给县委的报告全文和县、市委批复文件全文, 书稿终审人建议只引用部分。我遵嘱作了修改, 这是整本书改动最大的地方。

为增加本书的真实性和可读性, 我在书中收入了许多珍贵的资料、证书的影印和照片, 有些资料几乎已经成为文物级的东西了。这些图片, 成为印证我父母无悔人生的有力物证。为使书中增添这些实物插图, 本书的装帧制作过程花费了大量时间和精力, 可以说, 此书的后期制作远远超出我写作时间。

书出版了, 素雅的封面, 精美的装帧, 令我十分满意。

图书有价, 然而父母的养育之恩和我对父母的感恩、孝敬之心是无价的。此书通过不同渠道赠送出去之后, 得到了一些反响与好评。朋友们或见面或打电话向我表示祝贺, 谈了各自的阅后感受。听到最多的一句话是一口气看完。另外一个共同的感受就是对那些珍贵的资料图片感兴趣。也有不少朋友通过短信、微信给我发来读后感, 我的手机中留存着 10 余条这样的短信、微信。我的一位学生说: "董老师, 大作已拜读完毕。我现读书甚少, 更鲜于一口气读完的佳作。在阅读中也寻找了自己的人生轨迹。谢谢！"
一位校长朋友说得很干脆："《父母的无悔人生》，很真很实很好！"
我所敬重的余宁贞大姐也给我发来了长长的短信："谢谢赠书！
已通读了一遍，最深印象是真实。当然，从中也感受到了一位孝
子的情怀。这本书不仅家族有纪念价值，也应有社会效应，对年
轻人有启蒙意义——让他们从中了解先辈是如何生活和工作的。除
此，我还感受到，如他们那样赤诚事业的人，也难逃时代悲情的
经历！"有几位女领导也给我短信："拜读了《父母的无悔人生》，
平凡的父母，不平凡的一生。可敬！""昨日翻开您的著作，惊
讶地发现图中的妈妈竟是如此面熟，我迫不及待地想要了解真相。
于是，我怀着敬仰的心情和探究的心理一气读完全书，我没有记
住书中的章节片段，但老人一生对党的事业的忠诚和坦荡的胸襟，
让我充满敬意！"一位县内作家朋友评价道："《父母的无悔人
生》语言朴实而流畅，情感真挚而浓烈。看到了作者成长的影子，
更多的是对父母发自内心的敬爱。学习欣赏了。"我在回复短信
时称之为"微书评"。更让我感动的是，一位县领导深夜给我发
来短信："今晚一口气读完《父母的无悔人生》，很朴实，很感人。
有儿如你，也是父母的无悔。"连著名报告文学作家、鲁迅文学
奖得主朱晓军教授收到我快递给他的赠书后，当天便给我发来短
信："大作收到，读之如饿似渴，那种山东的豪放，江南的细腻融合，
我叹之不如。"此外，浙江教育报刊总社的编审周维强先生在其
新浪博客中写了一段关于此书的微书评，其中写道："这部书的

好处是没有铺张的描写，平实道来，附录了许多有意思的资料图片。"后来他还将这段话写入《浙江文坛》（2015年卷）的散文述评中。

浙江省政协《联谊报》资深编辑赵建雄先生读了此书后，写了书评《个人文本的历史价值》，分别发表于《联谊报》和《黑龙江日报》，此文还入选《2015年中国杂文精选》（长江文艺出版社出版）……

在此，请让我对所有费时读了我这本小书的朋友表示衷心的感谢！

当然，也有几位朋友认为我的书写得过于简单实在，没有对父母的生平经历作详细生动的描写和深入细致的评价。对此，我只能用"后记"中的一段话加以重申："我的父母是普通的平凡的人。因此，我在写作时尽可能写的平实，并没有用华丽的语言，铺张的描写。而是，用史实说话，用事实记录。其中贯穿我的所见所闻所感，力求真实，更求真情。"

我在写作与修改此书期间，正值参加第二批党的群众路线教育实践活动，活动中要求每个党员要以"先辈先进"为"四面镜子"之一对照自己，以补精神之"钙"。我想，我的父母尽管平凡，但他们对党的忠诚和对事业的执着，永远为我树立了榜样。

人生如书。我父母的人生这本书，我会一直读下去……

2015年10月

写在《严光与严子陵钓台》出版之后

　　好事多磨。历经四载之后，《严光与严子陵钓台》一书终于面世了。此书是我承担的杭州钱塘江研究院的一项课题，由我和缪建民合作完成，作为"杭州全书"之"钱塘江丛书"的一本，由杭州出版社正式出版。

　　2010 年，杭州钱塘江研究院为了配合杭州市城市学研究，启动了《钱塘江丛书》的编撰工作，在全部提供的 40 余个课题目录中，有"严光与严子陵钓台"。杭州市史学会把我推荐给钱塘江研究院，作为该课题承担者。杭州市历史学会赵一新会长事后打电话给我，说明了事情的缘由，并说他在会上推荐说，桐庐文联主席写过《范仲淹与潇洒桐庐》一书，应该对严子陵有所研究，请他承担这一课题。乍一听我非常吃惊，因为写书实在是一件苦差事，何况严

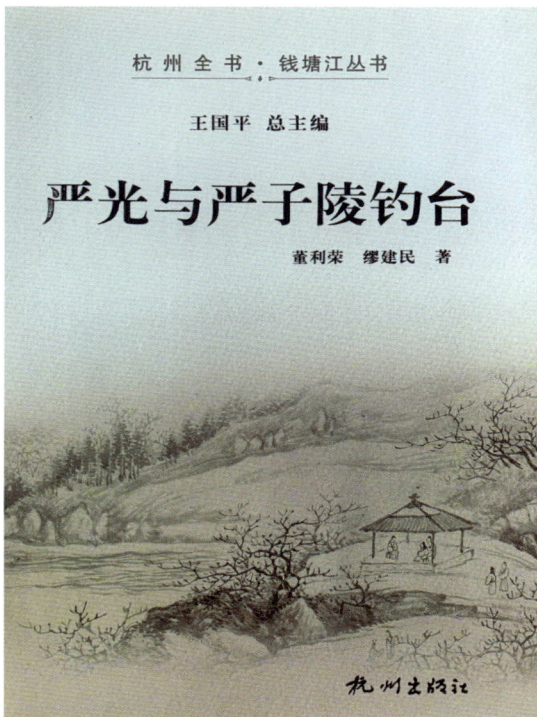

《严光与严子陵钓台》 董利荣 缪建民／著

子陵的资料又如此之少。于是我婉言谢绝。这么好的机会你怎么不把握，又能为桐庐地方文化做些宣传。我们已把你的名单报上去了，你务必考虑。

　　我深知这是一件大好事，为使这一课题能够顺利完成，我与缪建民商量合作完成，并由他执笔。好在建民对此也有兴趣，于是我们承担了下来。编写了写作提纲后，经专家审定，正式中标，成为钱塘江丛书 28 个课题之一。我作为课题负责人于 2010 年 9 月与钱塘江研究院签订了合作协议，并被聘为客座研究员。

根据协议，要求在 2011 年 6 月 30 日前完成书稿。时间如此之紧，容不得我们有一刻耽误。于是我和缪建民去慈溪、赴余姚，在当地文联领导的支持下寻访严子陵的旧迹，收集有关资料。当听说金华有一个严店村，居住着不少严子陵的后裔的消息，我们又赴金华，县内有关严子陵的所在地更是跑遍了。而更重的任务是披阅资料，撰写书稿。这一任务便主要落在缪建民的身上。我对他也很信任，因为他有很强的文史功底和文字能力，应该可以胜任这一任务。

然而，这一任务还是难为了建民，尽管他如期拿出了初稿。但由于严子陵的资料实在太少，又不能像写传奇小说般随意杜撰，初稿只写了 5 万余字。离 10 万字的基本要求相去甚远。后来，在钱塘江研究院专家的策划指导下，提出在写完严光与严子陵钓台的章节后，把清代汪光沛编撰的《严陵钓台志》中有关严子陵的文章，翻译成现代白话文。其中有祭文、论、赞、辞、记等体裁的文章 56 篇，要把这些文章翻译成现代文又是一个十分艰巨的任务。除了他自己承担了 20 多篇翻译任务外，又请了我县在古文方面有较深功底的吴宏伟、李龙、章鸣鸿、陆小琴、童超贵、刘东海一起帮忙翻译，每人承担 6 篇的任务。他们都愉快地接受并及时完成了任务。在编撰过程中，在提供资料方面还得到李锡元、申屠丹荣等老同志的大力支持。可以这样说，这个课题能够完成，这本书得以出版，是与上面这些同志的大力支持分不开的。

这本书的出版，也留下了一些遗憾。按我们原先的计划，本书是应该有"前言""后记"的，由于种种原因，本书没有"前言""后记"，也因为此，没能在"后记"中写明上面那些为本书付出艰辛劳动的同志，只好在这里一并表示衷心的感谢！

2014 年 9 月

一棵剪纸艺术的长青大树

——读《胡家芝传》

　　我是怀着一种非常特别的心情读完《胡家芝传》的，因为传主毕竟是一位114岁高寿的老人。这样一位长寿老人的一生肯定有我们都想知晓的一些独特经历，这或许也正是《胡家芝传》能够吸引人阅读的特别优势。

　　读完《胡家芝传》，我最强烈的感觉就是，胡家芝是一个剪纸天才。称她为"杰出的民间剪纸艺术家"，当之无愧。

　　《胡家芝传》的作者张华钢是胡家芝的外孙，现就职于金华日报社。对于外婆的崇敬和热爱以及家族成员的期待，促使张华钢写就了这部特别的传记。作者的特殊身份决定了这部传记是充满着爱意的。第一人称穿插其中的叙述更增添了作品的感染力与可信度。

《胡家芝传》张华钢 / 著

　　《胡家芝传》全书共8章，写了53节，对于一位百岁老人而言，显然是一生之中的重要人生片断。传记以胡家芝一生的剪纸创作经历为主线，仿佛为我们描绘了一棵剪纸艺术大树，她的人生经历便是这棵大树的主干，围绕着她的剪纸生涯的事件是这棵大树上的枝桠，而她的亲人及与其剪纸人生相关的其他人是这棵大树上的片片叶子，虽然简单，却也丰富生动了这棵大树。

　　《胡家芝传》的另一个显著特点是图文并茂，百余张胡家芝的生活照片让我们对这位慈祥的老人心生敬意。而 152 幅胡家芝剪纸艺术作品更让我们觉得这部传记还是一本"胡家芝剪纸艺术作品集"，而且，几乎每幅作品都有创作背景与构思、作品主旨与艺术特色的介绍和赏析，结合着胡家芝的人生经历再去欣赏她的剪纸作品，让我们更能对她的每一幅作品了然于胸，更能感受到她的剪纸作品"构思精巧，含意深邃"的特点。

　　胡家芝，这位从富春江边的桐庐走出去的名门之女，后来随长子长年定居南京，成为南京的名人。但从本质上说，胡家芝只是一个家庭妇女，然而，她的剪纸作品却与祖国与人民的命运紧紧相连，与亲人和朋友的感情息息相通。每当我欣赏完她那与时代脉博一起跳动的剪纸作品，如《中苏友好 和平万岁》（1955 年）、《祖国万岁》（1959 年）、《百花齐放向太阳》（1961 年）、《万象更新》（1983 年）、《丹凤朝阳》（1995 年）、《普天同庆》（1997 年）、《国富民强》（1999 年）、《喜迎回归》（1999 年）、《庆祝建军 80 周年》（2006 年）、《喜迎北京奥运会》（2008 年）等等佳作时，给我最强最深的印象就是她真是一位剪纸天才。她岂止只是一个家庭妇女，又岂止只是一位"民间剪纸艺术家"，而简直称得上是一位杰出艺术家了。

　　另外，她的反映人间真情的喜花剪纸，如《美满民间》《富贵幸福》《福寿双全》《万事如意》《成双成对》等等作品，又

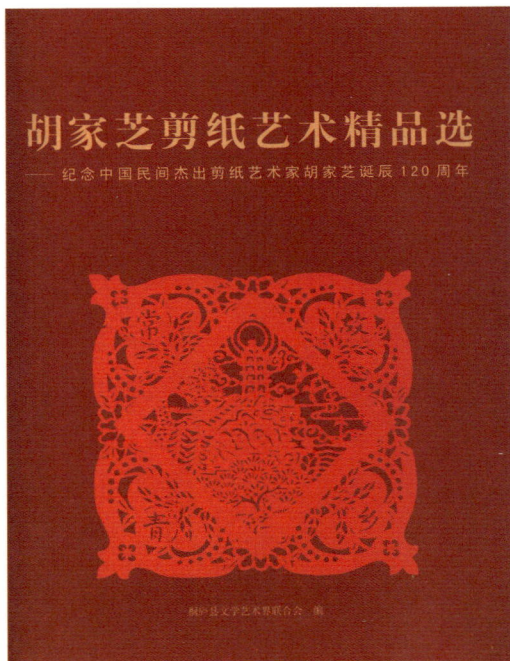

《胡家芝剪纸艺术精品选》

让人喜不自禁，人见人爱。

在胡家芝的人生经历中，无论是国有大事还是家有喜事，都能被她剪成一幅幅图案丰富的剪纸作品。她的剪纸作品正如其用材的颜色一样是真正"红色"的。无不让人感到热烈、喜庆、充满爱意。真正"像一首首古老而清新的爱之歌"。

是啊，纵观胡家芝平凡而漫长的一生，无不让人强烈地感受到一个字——‘爱'"

　　"一个‘爱'字，内涵丰富：有对亲人的关爱，有对朋友的友爱，有对生活的热爱，更有对祖国的挚爱……这纯真、淳朴的情感之歌，从这位老人的心底山涧清泉似地缓缓流出，无私地献给了她的家人、朋友和整个社会。"

　　这段话，大概就是《胡家芝传》的核心所在吧。

2017 年 2 月

（此文为《胡家芝剪纸艺术精品选》代序）

人生如画

——读《袁振藻艺术人生》

人们常常用"人生如梦"比喻命运飘忽不定、前途渺茫；又常常用"人生如戏"比喻一生坎坷曲折或阅历丰富。读完张华钢所写的传记《袁振藻艺术人生》之后，我脑海里忽然跳出一个词组——"人生如画"。袁先生90余年的人生如同他的水彩画一样丰富而多彩。

袁振藻，是剪纸艺术家、世纪人瑞胡家芝的长子，1921年7月出生于桐庐窄溪珠山村（今属江南镇），1943年考入国立中央大学师范学院艺术系，师从徐悲鸿、傅抱石、陈之佛等大师，他曾先后担任南京师范学校副校长、南京市文联美协秘书长、江苏教育学院、江苏电视大学副教授，任江苏省美术教育研究会副会长兼秘书长、顾问，江苏省水彩画学会秘书长、名誉会长，系中

《袁振藻艺术人生》 张华钢／著

国美术家协会会员。袁振藻一生除了在美术教学、创作方面颇有成就外，在美术理论研究上也独树一帜，编著了我国第一部《中国水彩画史》。袁振藻先生应该是家乡桐庐的骄傲。

我跟袁振藻先生有过一面之缘。2008 年 6 月，我们一行在时任县委常委、宣传部长吴玉凤带领下专程赴南京看望当时已经 112 岁的胡家芝老人。胡家芝住在长子袁振藻家里，袁先生热情接待我们，忙里忙外，细致周到，全然不像一位年近九旬之人。他留给我的最深印象就是一位温顺体贴的孝子与和蔼可亲的长者。我未料到，其实他的一生是如此炫丽多彩。可能因为他的光芒湮没在母亲的光环之下了。

《袁振藻艺术人生》去年由中国文联出版社出版，全书共6章24节，6章标题分别是"成长之路""青春之歌""'文革'沉浮""黄金十年""离休未休"和"夕阳如画"，以时间为序，按生活、事业两条线并行的写法全景式地反映了袁振藻艺术人生。其中第一章一开头写了袁振藻的童年故乡生活和在县城上小学的经历，读来让我们桐庐人特别感到亲切。其中"县城读小学"这一小节是这样写的：

桐庐，一座被富春江浸润、滋养的宁静的江南小城。

富春江江面宽阔，水流平缓，两岸土地肥沃；桐君山、严子陵钓台、瑶琳仙境……风光秀美；桐庐县始建于三国吴黄武四年（公元225年），历史悠久；中华医药鼻祖桐君、东汉高士严子陵、清代名臣袁昶等等，名人辈出。北宋文学家、诗人苏轼写下诗句："三吴行尽千山水，犹道桐庐更清美……"北宋著名政治家、思想家、军事家和文学家范仲淹赞誉其为"潇洒桐庐"。

袁振藻到桐庐县城读小学，住在外婆家胡宅。胡宅位于上半街（现为桐君路）与迎熏坊（现为南门弄）交汇处，相距富春江仅百米远。胡宅为二层五进，是县城大户人家。一起生活的有外公、外婆，大舅和三舅两家，还有几个尚未出嫁的姨妈。母亲把他托付给二姨。二姨喜欢他，日常生活照顾得周到。

这一年在县城照相馆，家人带袁振藻照了一张相，也是他迄今保存下来最早的一张照片。照片上，他穿制服、戴帽子，骑在一匹木马上，左手拉着缰绳，右手抚膝，正望着相机镜头……

在外婆家，他和表兄妹们一起玩，和睦相处。外公胡传泰常在家提笔写字，他爱帮着拎纸、研墨，把写好的书法作品放到地上，每次总是放满了上厅下厅。

袁振藻母亲的外婆家是叶家，位于太平桥，那儿有太平庙和戏台。每年农历二月初二、八月十八，是太平老爷的节日；端午节，又是桐庐芦茨老相公进城显灵、芦茨戏登台表演时节。于是，台上演戏，台前广场上观众如潮。有热闹可看，袁振藻和表兄妹们早早带着木凳在戏台前占个好位子，津津有味地坐着看戏。他看不太懂戏中的故事，却被当地民间文化的魅力所吸引。

……

《袁振藻艺术人生》一书的作者张华钢是胡家芝的外孙，袁振藻的外甥，前些年曾创作出版了《胡家芝传》。这位金华日报的首席编辑文字功底深厚，采访能力与素材的取舍功夫强，这为本书的流畅阅读带来了前提条件。然而，更可喜的是，作者对传主即舅舅的敬重热爱和得天独厚的采访条件，更为本书捕获大量第一手珍贵资料带来了先决条件。这种倾注着作者亲情的传记可

《"情系桑梓"袁振藻捐赠桐庐水彩画作品集》

读性强显然是不言而喻的。也正因为作者的便利，书中配发了大量的生活、工作照片和袁振藻的绘画作品，不仅使本书图文并茂，更让我们对袁振藻的绘画艺术水平与成就有一个直观的了解，这本传记也就如同一部画传了。

艺术人生，人生如画。读袁振藻的一生，如同读画一般赏心悦目。

本书的"尾声"部分简要介绍了袁老目前的生活状态与艺术

心愿，这位已经 92 岁高龄的老人生活过得很有规律，他除患有眼疾外，身体硬朗，思维清晰。他最大的心愿是"去故乡桐庐举办个人水彩画展，向家乡人民汇报"，看了让人动容。

我真心地盼望着袁老能为家乡人民送来一份艺术大餐，为"中国画城·潇洒桐庐"增彩添色。

我更真心地祝愿袁老健康长寿，那么，他的如画人生将青春永驻。

2013 年 3 月

（此文为《"情系桑梓"袁振藻捐赠桐庐水彩画作品集》代序）

一曲让人身临其境的壮歌

——《玉树大地震》读后

前不久参加省作协心连心交流团去青海玉树采风，并签署桐庐文联（作协）与玉树州文联（作协）结对协议。其间，玉树文联主席安排几位玉树本地作家与我们见面。有幸结识玉树女作家阿琼，并得到她赠送的纪实文学《玉树大地震》。

我几乎是一口气读完这部饱含着血与泪的作品。作者阿琼是玉树当地的一位教师，是玉树地震的亲历者，在玉树地震一周年之际她写下了自己的所见所闻所感所想。正如她在"前言"中所说："我作为地震的亲历者，体验感受了灾难发生的全过程，想告诉人们灾区的一些真实场景。透过这些场景，站在我的角度，读者与我一起去了解这场灾难的真实，感受灾难。"的确，此书最大的特点便是真实，读着她的文字，我仿佛觉得和作者亲身经历一般，体味着她的惊恐与无奈，感受着她的震撼与感动。

《玉树大地震》由甘肃民族出版社出版，全书18万字，共11章。其中第一、二两章分别是"高天厚土话玉树"和"玉树临风"，从玉树的地理历史、人文风貌和民俗风情等着笔，简约而全面地向人们介绍了玉树这方珠胜之地。

书的开头写得别具匠心：

　　有一位汉族朋友，他是这样说的："我已经有20多年的时间经常在藏区穿行，几乎跑遍了所有的藏区，5年前，我的步履才一迈进玉树，就被玉树慑服了，吸引我年年来到玉树，每当我离开它，梦里常常梦到玉树。"他一再盛赞玉树是真正的世外桃源，人间仙境。就在地震发生的几天前，我们还聚在一起时，他津津乐道地告诉我说，玉树是云端的玉树，是现代社会的一方净土。他甚至武断地认为是唯一的一方净土，是他的精神家园。

　　玉树是藏族自治州，阿琼写作此书的目的肯定是要让更多的州外的人了解玉树、了解玉树地震，她以一位汉族朋友的视角入手写出对玉树的初步印象，便使作品具有了引人入胜的先决优势。

《玉树大地震》用绝大部分的篇幅，从"灾难降临""艰难的大营救""大自然给过我们提示""集体火葬——走向人生轮回的礼仪""缺失的道德""人伦道德众生相""被颠覆的生活""废墟上的新生活'和"震后反思"等篇章为我们详尽描绘了玉树大

《玉树大地震》 阿琼 / 著

地震的灾难全景图。

比较而言，我喜欢"灾难降临"和"艰难的大营救"这两章。因为这部分真正把作者的亲身经历传神地表达出来了。

让我们一起去感受那场灾难降临的瞬间吧——

7.1级的地震仅仅晃动了7秒钟，看看它的魔力杰作，让人不寒而栗：就在瞬间，大地摆动，地动山摇，地震伴着如牛似的沉闷吼声，传到了地面，于是人声鼎沸，疯狂的狗叫声，从空间的每个缝隙尖利地传出，汇成最刺耳的噪音。房屋的倒塌声此起彼伏，整个结古镇陷入了惊恐慌乱之中。结古镇的上空，尘雾弥漫开来，一片片黄土，一缕缕烟雾，一絮絮尘埃向空中上升，在空中混合成了橙黄的雾，悬浮在空中，笼罩住了整个结古镇。

又一次把我摇醒时，伴着啸声，这次我感到了事态的严重，想到真正的地震来了。柜子上的东西直接往下掉落，整个房子像筛箩里的谷子，摇晃起来了，桌子错位了，家具移位了，所有静止的东西都运动起来了。我知道，跑已经来不及了，地震也就是几秒钟的事，我又躺上床，用被子把整个身体裹住，包括我的尊容和头，等待天花板的降落，心想即便是死也要保住尊严。我在无奈地等死。可是，传来的啸声消失了，摇摆停止了，我本能地反应，掀掉被子往下冲。跑到第二台阶时，吼声又来了，房子又开始摇晃起来了，紧张的我慌不择路，一脚踩空，翻滚到一楼的台阶下，爬起来，顺手在客厅的衣架上拽了一件外套，跑到门槛的鞋柜处，掳上我的鞋子，冲出院子，跑出大门，我自认为动作够麻利的，反应敏捷，是一次成功快速的生死逃亡行动，没想到，到马路边一看，集聚的人群黑压压的一片，嘈嘈切切吵闹着。原来，我是落伍者。在生死关头，人的本能反应被激发出来了，"捷足先登"者比比皆是。

我想，只有亲身经历了生死攸关的这一瞬，才能写得如此逼真如此传神。

幸存下来的玉树人开始了艰难的自救与互救。作者用较大的篇幅介绍了玉树几大寺庙的僧人在救灾中发挥的特殊作用。连时任国务院总理温家宝第二次到玉树灾区视察时，都对僧人们在灾难面前表现出来的慈悲之怀和无量功德给予了高度评价。

当然，玉树地震过后，更多地靠党和政府的关怀支援，靠解放军、武警、消防、特警等人民子弟兵第一时间奔赴灾区的驰援，靠全国人民尤其是志愿者们前往救援。"一方有难，八方支援"。各种物资在极短的时间内源源不断地运抵灾区。作者饱含深情地写道："在灾难面前反应快速，积极应对，紧急启动救援措施，这是国家力量的见证，是中华民族凝聚力的见证。在那一天，我们看到了民族团结的合力，宗教信仰的坚定，佛教文化的深入人心，国家力量的强大，看到了全国人民对灾区的救援。玉树大营救就此拉开了序幕。"

难能可贵的是，《玉树大地震》一书并非一味唱赞歌，也揭露了灾区"趁火打劫""哄抢救灾物资"等丑恶的人与事，刻画出人伦道德的众生相。同时，也引发人们一起进行震后反思。

纵观《玉树大地震》全书，我以为后半部分一些章节可以归并，这样能够使全书重点更突出，主题更鲜明。

当然，瑕不掩瑜，《玉树大地震》在我眼里是一部真实感人的优秀作品，我乐意推介此书与大家分享。

2015 年 8 月

郭水华与他的《望江南诗草》

　　桐庐籍著名军旅诗人郭水华大校我是早闻大名却久未见面，倒是其夫人著名作家王旭烽女士是 20 多年的老朋友了，这位茅盾文学奖得主 10 余年前曾给我的散文集写过序。因而我对水华兄一直充满敬意，期待着能与他早日相识。

　　大约是两三年前，合村乡的书记乡长欲宴请这位乡贤郭水华，请我也作陪，使我终于有机会与水华兄初次见面。不用说，"一见如故"一词用在我们之间是恰如其分的。尤其是他对我研究范仲淹与桐庐的赞许出乎我的意料。那次见面，他留给我的最深印象是其诗人气质。席间，他几度起身朗诵自己的诗作，那份执着，那份虔诚，让我感动。

　　之后，便经常能拜读到他的诗作，不仅在县内媒体，还在《人民日报》《光明日报》《解放军报》《诗刊》等国内顶尖报刊上，当然还从他的微信中。

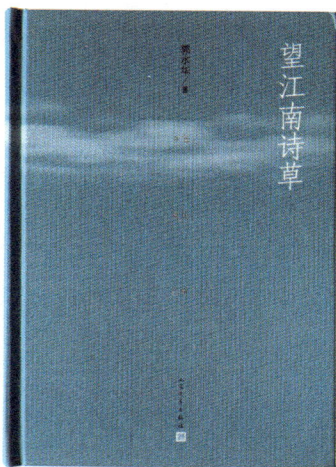

《望江南诗草》　郭水华／著

　　之后，又有几次他回乡探亲在桐庐本可以见面的机会，却因为他突然受命赴上海赴天津参与震惊全国的特大火灾事故宣传工作而失之交臂。

　　大约是今年初，水华兄微信告诉我他要出一本诗集，还将两个封面设计图发给我征求意见，不得不让我为他高兴。

　　今年初秋，水华兄带着他新鲜出炉的《望江南诗草》回到桐庐，私人宴请一批家乡好友，我也有幸忝列其中。他郑重地给每位朋友签名赠书。席间，他又两度起身朗诵他刚刚为天津塘沽爆炸事故创作的两首新诗。充满情感的诗句，激情满怀的朗诵，让我们无不为他的军人情怀和诗人气质所折服。尤其他对消防战士发自心底的热爱让人感动。我们都情不自禁地为他鼓掌喝彩！

那晚回家，我便迫不及待翻阅起他的《望江南诗草》。诗集由人民文学出版社出版，素雅的封面，精装的设计，高贵而大气。书前的"作者简介"有必要抄录于此：

郭水华，浙江省桐庐县人，现任职于公安部消防局，武警大校警衔。始自江南少年的热爱，诗歌伴随着作者近30年的从军生涯。恪尽职守之余，读书写作不辍。为中华诗词学会会员、《诗刊》子曰诗社社员、《中华辞赋》杂志特约编委、全国公安文联诗歌诗词学会理事。曾参与2008年汶川一线抗震救灾，荣立个人一等功。

水华兄实在是桐庐人的骄傲！合村人的自豪！。

《望江南诗草》最别具一格的是自序。这篇题为《你的青春，我们的家国——一位军人给女儿的家书》写得回肠荡气。父亲对女儿的拳拳之心跃然纸上。水华兄以中国历史名人和中华经典诗文告诫远涉重洋留学的女儿"这是我们的山河，我们的先贤，我们的根"。此文在《中国青年报》《瞭望》《中国教育报》等报刊发表后广受好评便在情理之中，被称为"一堂跨越大洋的特殊思政课"。

这本诗集分"乡土""戎马""行吟"三辑，收入诗作近300首。实话实说，我过去对今人写传统格律诗词并不看好，因为我始终认为前人已经将诗词写得登峰造极了。然而，读了郭水华兄的这本诗集，却颠覆了我的成见。我们达不到古人的高度，但努力接近也是很了不起的。诗集中既有五言，也有七言，甚至还有四言；既有绝句，又有律诗，还有不少古风。每一首诗仿佛信手拈来，却又字斟句酌。比如"乡土"一辑中，《严子陵钓台》《桐君》《桐庐》《古昭德感咏》《麻境》《瑶山》《岭源》《分水》《过桐庐石壁头》《深澳》《瑶琳仙境》等，光看这些题目，便能看出他对家乡的热爱。"岭上四时青，源头百丈澄。人烟一水绕，家在半山坪。"《岭源》一诗尽管只有短短20个字，却写得清新隽永，令人回味无穷。而七律《严子陵钓台》则写得古朴而厚实："少慕高风百丈矶，行舟每到子归啼。春江移就羊裘客，明月催成处士居。进退异时三鼎立，东西对面两心仪。烟波会见梅花酿，浇酹青山觅古蹊。"这一辑的诗作还有一部分是写给妻子女儿和亲朋好友的，如《感妻事茶有年》《寄小女七月》《寄杭州亲友》《同学会》等，让人看到他重情重义的一面。

"戎马"一辑收入的基本是他的军旅诗，写得铁骨铮铮："英雄怀抱龙泉剑，快马驱驰祖逖鞭。"（《重读〈老山诗〉》）"五尺男儿三尺剑，砥兵励伍展奇雄。"（《甲午有感》）"大雁风疾偏展翅，苍松雪劲已从容。"（《消防群英谱》）等诗句掷地有声，催人奋进。这一辑最后一首是全书唯一的新诗，题为《让我轻轻地喊您一声——妈》，写的是山东省胶南县农村一位叫郭胜兰的消防烈士母亲，儿子牺牲18年来每年给中队全体战士寄来亲手绣有"吉祥如意"字样的鞋垫的感人故事。这首诗共7节56句，节节饱含深情，句句打动人心。其中写道："让我轻轻地喊您一声——妈，您失去了您的儿子，我们都是您的儿子！铁打的营盘是换了一茬又一茬，您永远是战士心中最亲爱的妈！"

　　诗集的第三辑"行吟"多半是诗人云游四方的所见所感。《蒲松龄故居》《隋梅》《天一阁》《普陀山》《重过扬州》《大观园》等写得轻松明快，或许与其行万里路的愉悦心情有关。这一辑中也有一些日常感悟和时事随想，如《所思》《世相沉吟》《闻中央整顿景区会所》等，其中一首《答问京中今秋天气》我以为写得颇有意思："霾扫重逢明月夜，秋深未减逛园人。柳丝会意人心向，唤取清风答碧云。"

　　读《望江南诗萃》，我不得不感佩水华兄的才华。他既是一位军人，也是一位才子。其家国情怀和热爱生活、热爱他人的品格通过他的诗作传递给每一位读者。他是一位多产诗人，然而吟诗炼句的甘苦只有他自知。诗集的最后收入的是他的 6 首七绝《得句吟》，现录其一作为本文结尾：

梦中得句欲追摹，

秃笔枯肠索不得。

此债绵绵难了却，

不经意处又寻着。

真切地希望他今后能寻着更多更好的诗句。

2015 年国庆于富春江畔听绿斋

树乎？人乎？

——《树梢上的中国》读后

　　一直喜欢读梁衡先生的散文，9年前第三届中国范仲淹国际学术大会在桐庐设立分会场，有幸陪这位人民日报原副总编辑游严子陵钓台，谒严先生祠堂。这次梁衡先生作为特邀嘉宾再次赴桐庐，并在第七届中国范仲淹国际学术大会开幕式上发表主题演讲。在桐期间，他还去环溪看银杏，到毕浦访樟树，期待他能为桐庐古树写下一篇佳作。

　　这次梁衡先生带来了他的新著《树梢上的中国》（商务印书馆，2018年8月第一版），我几乎一口气看完，掩卷长叹，直呼过瘾。22篇雄文写了遍布全国的22处奇特古树。这些"人文古树"，"曾经记录了一段有历史价值的人物和事件。"因而读来是那么厚重而丰富，鲜活而生动，又那么充满感情。与其说作者写的是树，

《树梢上的中国》　梁衡／著

不如说写的是人，一个个饱经风雨阅尽沧桑的老者智者。

让我们一起随着梁衡先生的妙笔，去认识几位特殊的人物。

《华表之木老银杏》一文以山东莒县浮来山上春秋老银杏讲述故事的视角，记叙了几段人文历史。

"老树讲的第一个故事是'毋忘在莒'。"

在梁先生笔下，3000年前的银杏古树俨然是一位满腹经纶的时光老人。

"毋忘在莒"讲的是春秋战国时期，齐桓公小白曾去莒国避难，一心成就一番霸业，勤学苦练，广揽贤能。成为国君之后，他选贤任能，改革齐政，使国富兵强，成为春秋时期的五霸之首。在治理国家过程中，以管仲为首的扶臣常提醒齐桓公，毋忘在莒，对齐桓公成就大业，起到了很大作用。

然而，出乎意料的是，齐桓公小白曾经受过管仲的暗算，地点就在这棵银杏树下：

其实双方在树下斗法时，虽各怀鬼胎，却没有瞒过高高在上的老银杏。时老银杏看管仲弯弓搭箭，正想，你怎么能干这种伤天害理的事？那管仲却对树祷告："今，事急矣！流浪数年，天降良机，成败全在此一举。"谁知老银杏扶正祛邪，不帮管仲却佑小白，那箭"当啷"一声，正好打在小白胸前的带钩上，未伤皮肉。（第46—47页）

你看，梁先生笔下的这棵树，会观察（"看管仲"），会思考（"没有瞒过""正想"），会行动（"扶正祛邪，不帮管仲却佑小白"），不就是一位正直善良又敢做敢当的老人形象吗！梁衡先生用拟人的手法顺手写来，让人觉得浑然天成又合情合理。

小白成为齐桓公后不避前嫌，起用管仲辅政，事业顺风顺水。后来不听管仲忠告重用奸恶小人，最终落得孤独寂寞饥饿而死的结局。这一切老银杏都是见证者。

"我听老银杏讲的第二个故事，是'庆父不除，鲁难未已'。"

梁衡先生记录的第二个故事发生在春秋末期。庆父是鲁国一个出了名的坏人，"谁亲眼见过那个该死的庆父？现在还在世的人当然不可能了，就是在世的树也只有浮来山的这棵老银杏是唯一证人了。"于是作者以银杏作为见证人的视角，记叙了庆父之死——

（庆父）于是起身先向老银杏敬酒一杯，反泼于地，口中念念有词："老银杏呀，看在这一两个月洒水扫叶的份上，就求你收我归去吧。"说罢怀中抽出一条三尺白绫，甩向高枝之上。老银杏将银绫一收，庆父悬在半空。（第54页）

寥寥数语将老银杏嫉恶如仇的老者形象跃然纸上。

与老银杏有关的另一个故事，发生在革命战争年代。"它讲的第三个故事，是陈毅怎样在树下'捉放曹'，惩治背信弃义的奸猾之徒"——

（陈毅和郝鹏举二人在树下畅谈）那老银杏听郝直呼它的名

字，并引为知己，如梦中惊醒，不由浑身一个寒噤，树叶纷纷抖落。心想，三千年来我在此阅人无数，这树下不知多少人好话说尽，坏事做绝。对你还要静观细察。（第56—57页）

山上的老银杏远远听见枪响，长叹一声：事不过三，郝鹏举已经五次倒戈，天理难容了。说什么"千年银杏应知我"，当时我就知你心不善，果然今天有此恶报。（第59页）

这两段文字写得更传神，老银杏的心理活动（"梦中惊醒""一个寒噤""心想"），身体反应（"一个寒噤""纷纷抖落""听见枪响"）和语言表达（"长叹一声"）等，都是那么让人印象深刻。

梁衡先生为我们塑造了一棵会讲故事、能够思考、富有感情和身手不凡的如人如神的老银杏。

《吴县四柏》写了江苏吴县四棵1900多岁的柏树"清""奇""古""怪"。

先看"清"——

那些柔枝又披拂而下，显出她旺盛的精力和犹存的风韵。我突然觉得她是一位长生的美人，但她不是那种徒有漂亮外貌的浅薄女子，而是满腹学识，历经沧桑。要在古人中找她的魂灵，那便是李清照了。你看那树冠西高东低，这位女词人正右手抬起，扶着后脑勺，若有所思。柔枝拖下来，微风轻拂着，那就是她飘

然的裙裾。（第 79 — 81 页）

文章运用类比手法，为我们描画了一位树中的李清照。她神态多姿，妩媚动人。与其说形似，不如说神似。

再看"奇"——

就像佛家说的她又重新转生了一回，正开始新的生命。黑与绿，老与少，生与死，就这样相反相成地共存。你初看她确是很怪的，但再细想，确又有可循的理。（第 81 页）

这棵树没有明显的拟人化写法，但从"她"字的使用和"转生了一回"的交代，可以看出作者也是把这棵古柏当人看待的。

"古"柏则无疑是一位古人——

树干上满是突起的肿节，像老人的手和脸，顶上却挑出一些细枝，算是鹤发。而她旁边又破土钻出一株小柏，柔条新叶，亭亭玉立。那该是她的孙女了。我细端详这柏，她古得风骨不凡，令人想起那些功勋老臣，如周之周公，唐之魏徵。（第 81 页）

关于这棵树的写法，与"清"有着异曲同工之妙。而老人与孙女的比喻又让老树新枝的描写赋予了新奇的活力。

第四棵是被雷电一劈为二的"怪"——

他们仰卧在那里相向怒目，像是两个摔跤手同时跌倒又各不服气，正欲挣扎而起。她这样倔，这样傲，令人想起封建士大夫中与世不同的郑板桥一类的怪人。（第83页）

这棵树在作者笔下，无论是用摔跤手的比喻来描写，还是以郑板桥的类比来评价，都是那么逼真而传神。

《死去活来七里槐》写的是位于河南省三门峡市陕县七里村的一棵唐朝古槐。这棵长满疙瘩的唐槐历经磨难——

老槐无言，但它自有记事的办法，这就是满身的疙瘩。它每遭一次难就蹙一次眉、揪一下心，身上就努出一块疙瘩。（第115页）

这等下伤人伦，上毁朝纲，外乱吏治的胡作非为，让在长安以东刚刚长成不久的这棵槐树不觉皱眉咋舌，当时就起了一身鸡皮疙瘩。这恐怕就是这棵古槐最初长疙瘩的缘起。（第116页）

面对这种腐败，这槐树俯首驿道，西望长安，只能以泪洗面了。日复一日，泪水冲刷着树身，皱裂开一道道的细缝，又侵蚀出一个个的空洞。它浑身的疙瘩高高低低又增加了不少。（第118页）

古树身上的疙瘩，本来是一种自然现象，梁衡先生却将其注入人文缘由，把它与社会的动荡，人性的丑恶联系起来了，赋予古槐嫉恶如仇的人性品格。

写唐槐在历史巨变中死去活来，同样赋予其人格魅力——

狼烟四起，尘埃滚滚，再加上兵匪在树下勒绳拴马，埋锅造饭，砍树斫枝，老槐树被折磨得喘不过气来，又不知几死几活。（第118页）

兵匪过其下，乌鸦噪其上，尘垢裹其身。灾民无奈，又再一次对老树捋叶剥皮。唐槐又一次地死去活来。（第120页）

树与人同难，已被捋叶剥皮的老槐，眼看树下死尸横陈，耳听远方哀鸿遍野，再一次地痛彻骨髓，死去活来。（第120页）

老槐目睹了这一幕，青筋暴突，两眼冒火，恨不能拔拳相助。可它这时也已极度衰弱，只能陪我可怜的同胞忍受这空前的民族耻辱。老泪横流，痛不欲生。（第122页）

你看，这棵死去活来的老槐树，千百年来目睹内忧外患，"青筋暴突，两眼冒火"，"老泪纵横，痛不欲生"。这哪里是写树啊，分明是在写人——感情充沛之人！

发生在唐槐身上的当代故事更加神奇——

"四人帮"决定拍一部"批邓"电影《反击》，外景地就选在这棵老槐树下。那天，老槐见一群红男绿女，扛着些"长枪短炮"类的家什，拿着些奇奇怪怪的道具，粉墨登场。他们围在树下，一声地高喊"批邓"。突然，咔嚓一声一根大腿粗的老枝，从空断裂，扒在树上看热闹的一个外地人，随之落地，口吐鲜血，不省人事。眼看要出人命，拍摄也就草草收场。不久"四人帮"垮台，这电影当然也再没有放映。这是那天下午现场采访时，几个老人比画着，给我讲的他们亲历的老槐树发怒的故事。据村民回忆，十年"文革"，老槐总是打不起精神，奄奄一息。自从这次发怒之后，"文革"就很快结束。老树又焕发了生机，如一只烈火中再生的凤凰。

（第 123—124 页）

从中可知，在当地村民心中，这棵唐槐便是一位德高望重受人敬仰的老者。

《树梢上的中国》一书中把树拟人、以人喻树的例子还有许多，恕不一一。其实许多文章的题目便是拟人的写法，如《死去活来七里槐》《沈公榕，眺望大海 150 年》《一棵怀抱炸弹的老樟树》《带伤的重阳木》等。

人们往往只是把树木看成是有生命的植物，却常常忽略以情相待。草菅树命，习以为常。而梁衡先生则把树木看成是有生命有感情的特殊之人。"为什么我们特别重视树木对人文活动的记录，原因只有一个，因为它是唯一活着的可以与人对话的生命。"

正因为梁衡先生有此认识，才会写出如此有感情有温度有思想的精品力作。《树梢上的中国》甫一亮相，就荣获商务印书馆年度十大好书之一，便不足为奇了。

2018 年 12 月

关于"富春江文丛"编辑出版始末

2013年，桐庐文联曾集中推出9位本土作家的9部文学作品。作为丛书主编，当初有些话想写而未写，现在补记。

记得2012年年中参加杭州市文联半年度工作会议，收到的兄弟文联交流材料中有一套临安文联赠送的"天目文丛"第二辑，共5册，是5位当地作家的作品集。此事给我触动很大，其时自己已任县文联主席满一届5年了，回顾自己的工作，重心放在了中国故事之乡的创建和桐庐书法的振兴上（其时创建中国书法之乡还刚启动，但与四川什邡的书法交流已开展多年），而文学领域尽管常有一些征文活动，也零星有一些作品集问世，但缺乏文丛这样的集中展示。我觉得我们也应该推出一套文丛，一来为县文联换届留点成果，二来更主要的是为县内作家出书提供一点便利。我知道县内有部分作家已经写了不

"富春江文丛（第一辑）" 桐庐县文学艺术界联合会

少作品，完全可以出集子了，而如果由他们个人去操作，有人或许再过几年甚至一辈子未必会正式出版一本书。回来后我在班子会议上提出了自己的建议，得到其他同仁的赞同与支持。

于是，县文联一边与中国文联出版社联系，征询出版事宜，一边向县作协会员发布了征稿启事。当时确定由县文联与作者个人共同出资出版的办法：出版经费统一由县文联承担，各印1000 册，其中 600 册归个人，400 册由县文联集中成套。如果自己需加印，费用按实际所需由作者承担。说实话，这样的条件是相当优惠的。很快便有了反馈，初步有 10 余人报名。到 2013 年春节过后，共有 10 人的作品通过了我们的初审，最后召集作者开会确定时，一位作者因故退出，剩下9位。好，就出9本。

9位本土作家及其作品分别是王樟松《围炉偶拾》、孟红娟《追梦》、徐永茂《遐思中徜徉》、闻伟芳《三叶草》、冼逢周《感受那方山水》、李龙《吾爱吾土》、黄水晶《生活的色彩》、李杏珍《醉夕阳》、邱升阳《梦见彩虹》。这9位作者其时都是活跃在桐庐文坛的创作骨干，王樟松那时是县文广新局局长，也是县作协主席，冼逢周、李杏珍是退休多年的老同志。9人中除孟红娟出版过散文集《淡墨人生》外，其他人都是首次正式出版个人作品集。大家都非常认真地投入到出书的准备工作中。

为了争取出一套外观精美、内容精彩的丛书，我们进行了分工，由我任主编，何璟（时任县文联副主席）绘制封面插图，缪建民统稿，由富春广告袁东明统一设计排版。可以说这套丛书的装帧设计受到大家的好评，作者们皆大欢喜。

当初还确定丛书设一总序，各自的自序或他序、后记由作者自定。桐庐籍著名作家、鲁迅文学奖得主陆春祥兄非常爽快地接受我的邀请，于当年4月为丛书写了题为《春潮带雨》的总序，他对9位作家的作品给予了简练的点评：

王樟松作品，闲适淡定，思路开阔。写人挑骨剔肉，刀刀见血，直透人心，写景则细观处子，抚怜爱惜不已，胸襟和情怀都在他笔下流水般泻出。

闻伟芳小说，说的都是身边碎事，《橘子花开》爱情的凄凉，《清明》里抛妻攀富的丈夫，《英雄》中偷汉的妻子、一根筋"英雄"，都是现实的折射，似家长里短，却娓娓道来，乡土得很。

孟红娟追梦，将数年精心经营的散落文字，用梦串起，既有"梦中家园"，更有"梦行千里"，还有"梦言心声"。她的文字和她的生活共呼吸，语言则明朗简洁，灵动鲜活，在崇尚自然中呈现美感，不禁让人品赏声色，望梦息心。

邱升阳作品，慈父，爱母，宽容的兄弟，一个性格内向、苦闷却又急于挣脱乡间的孩子，苦难中追寻幸福，青涩里显现成熟，物质时代的情感救赎，让人感慨良多。

李龙写桐庐，理解，想象，用情感浸泡思想，激昂挥洒，带着温度的笔触，文字间蕴藏着浓郁的富春江的古风馨香。

徐永茂作品，讽味中透着机智。插科打诨，庄谐并用，嬉笑怒骂，皆成文章。

冼逢周作品，老辣而沧桑。老辣是因为他长期喜欢文学，功底娴熟，沧桑是因为他对人事的察悟，对世事的洞明。苍凉和悲慨，一切因年轮而厚重。

黄水晶作品，叙述一直没有停止，数十年来，努力想把故事讲好（莫言诺奖演讲词就是《讲故事的人》）。小说结构，故事中的人物，小说语言，都透着他的十分用心。对文学充满敬畏，恒久虔诚。

李杏贞作品，身边事家常事，游走上下四面八方，安享退休有味生活，看花赏景观人，文字中显见她的乐观好动与深度思考。《生日》之类的文章风趣横生，似直来直去，却机智干练。

我本人则应邀为孟红娟的《追梦》和闻伟芳的《三叶草》写了序。当初本应写篇总后记交代一下出版这套文丛的缘由与经过，可由于种种原因而未成。

2013年7月，"富春江文丛（第一辑）"由中国文联出版社正式出版。诚如春祥兄所言："九部作品，集体亮相，这在桐庐的文学史上应该是空前的。""春潮带雨晚来急——这一套文丛定会在桐庐的文学史上抹下浓郁的重彩。"

之所以在封面标注"富春江文丛（第一辑）"，原因自然不言而喻。

2021年4月

Chapter

04

书 外 卷 二

（读书笔记）

关于文化的一点随想

　　著名作家冯骥才先生说过这样一句话：文化似乎不直接关系国计民生，但却直接关联民族的性格、精神、意识、思想、言语和气质。抽出文化这根神经，一个民族将成为"植物人"。同理，我们的生活如果离开了文化，纵然有再丰厚的物质条件，也是枯燥无味的。

　　文化有广义与狭义之分，有大文化与小文化之别。据说文化的定义有200多种。那么，究竟什么是文化？广义的文化泛指人类在社会历史活动过程中创造的物质财富和精神财富的总和。狭义的文化专指语言、文字、文学、艺术、教育、科学、风俗、习惯以及包括意识形态在内的人类其他精神活动及其产品。最通俗的解释莫过于台北市首任文化局长龙应台的说法：文化，它是随便一个人迎面走来，他的举手投足，他的一颦一笑，他的整体气质，是在耳濡目染、潜移默化中形成，这就是文化。由此可见，文化

《关于文化的一点随想》（《桐庐宣传》影印）

是需要长期积累和培育的。对于人类来说，它既不深奥神秘却又难以说得清道得明。在人类几千年的文明史中，文化已经与我们的生活息息相关，甚至融会贯通。譬如我们的衣食住行皆有文化：中华服饰文化源远流长，一袭唐装，能给我们平添多少凝重的民族自豪感；中华饮食文化更是博大精深，美食文化自不必说，另外，喝酒有酒文化，饮茶有茶文化，不一而足；说到住，在中国无论是皇宫还是民居，既十分讲究与山水自然之和谐，又非常注重房屋的结构与装饰，整个让人感觉居住在文化里头；再说行，中国人历来讲究读万卷书，行万里路，在大兴旅游的今天，黄金周蜂拥而行的芸芸众生，如果没有文化作为支撑，这样的旅游也仅仅是"到此一游"而已。

　　既然文化对于我们的生活如此重要，我们当然应该十分重视文化。县委县政府审时度势提出创建文化名县，实在是顺应时代潮流之举措。我的理解，创建文化名县归根结底是要丰富人们的文化生活，这是以人为本的根本体现。当然，文化生活既可以是狭义的，即无论是下里巴人的通俗文化还是阳春白雪的高雅文化，都是我们的生活必不可少的。一个城市，一个乡村，一个家庭，如果缺少了这些丰富多彩的文化生活，必然是死气沉沉的。因此，我们应该给人民群众提供喜闻乐见的文化生活。然而，我在这里探讨的文化生活更应该是广义的，是一种精神层面的东西。伟人毛泽东曾经说过，人是应该有点精神的，这种精神其实就有文化的意味在里头。一个地方又何尝不是如此。我县提出的"共建潇洒桐庐，共享品质生活"的口号，我以为是恰如桐庐之分的。潇洒的确是我们桐庐特有的文化传承，如果我们能提炼出桐庐精神的话，那么"潇洒"无疑应该是桐庐精神的核心与灵魂。潇洒应该渗透到每个桐庐人的生活中去，甚至生命中去。这就是桐庐文化。

走笔至此，正好读到报上一段某教授在"浙江人文大讲堂"中谈论"杭州文化"的话："杭州让人迷醉的不只是它的山水，更重要的是它的文化。杭州的文化不是研究出来的，是实际存在的。从硬件上看，它存在于西湖、龙井村、灵隐等诸多的自然景观和人文景观上，从软件上看，它存在于杭州人之中，杭州人是杭州文化的载体。"诚哉斯言，桐庐人应该是桐庐文化的载体。那么，让我们每一个桐庐人都做一名潇洒桐庐人吧！

（载 2007 年第 4 期《桐庐宣传》）

善为至宝一生用

　　在东阳中国木雕博物馆参观，内有家风家训馆，展陈着从全国各地收集来的家风家训木刻作品。木材各种，形式各样，字体各异，内容各佳。

　　在琳琅满目的家训木刻中，我被一块斗方木刻所吸引。这块一米见方的木刻作品，材质一般，雕刻却颇为精致，四周实木边框，镶嵌着由两片木板拼接而成的内板，内板四周雕刻着花边和花饰，的确精妙。然而更精彩的，是阳刻着的一句文字——善为至宝一生用。

　　我不知道，这一方家训木刻曾经张挂在哪户人家的厅堂，它为其子孙后代的繁衍生息和家族的兴盛发挥了怎样的作用？我只知道，如此朴实的句子，蕴含的却是深刻的道理。

　　其实，这是一句从清朝就开始流行的家训谚语。清代史襄哉所编《中华谚海》收有如下一联：

善为至宝一生用（木刻图）

善为至宝，一生用之不尽；

心作良田，百世耕之有余。

朴实无华的语言，承载的却是深刻的道理。无论是"心作良田"还是"善为至宝"，强调的都是心灵的纯粹与精神的富足。

古往今来，凡是圣贤之人，都是善良的人。他们往往把善良视作比金子更宝贵的品格。正因为善良，助力他们事业有成，人生出彩，受到世人的景仰和爱戴。同样，寻常百姓也把善良看成处世之道、立身之本。也因为善良，让人们在平淡的生活中变得可爱可敬，让平凡的人生活得更有价值更有意义。由此可见，善良是最为宝贵的品格，是一生受用的德行，应该是从无数前人的人生经历中总结出来的哲理。那位不知名姓的主人将此言镌刻成家训，本身就是富有智慧的善举。

"善为至宝一生用"，我有感而发写成此文，把这条家训推荐给大家，与千万个家庭分享。

（载 2021 年 1 月 11 日《中国艺术报》）

从"岁月如流"说起

"爆竹声中一岁除，春风送暖入屠苏。"辞旧迎新之际，望着窗外灯火烟花掩映下的富春江，我脑海里瞬间跳出"岁月如流"一词。年年岁岁，时时刻刻，分分秒秒，时光如流水般流逝，一去不回。催促人们珍惜时间，珍惜岁月。

最早用流水比喻时间的，大概是孔子。《论语》中记载："子在川上曰：逝者如斯夫，不舍昼夜。"讲的是孔子站在河岸上感叹道：时间就像这奔流的河水一样啊，不论白天黑夜不停地流逝。喻指时间过得很快，又一去不回。

孔圣人往往善于从自然现象中引发关于人生的哲学思考，他的至理名言影响深远。到南朝，（陈）徐陵在《与齐尚书仆射杨遵彦书》中发出"岁月如流，人生几何"的感叹。从此，"岁月如流"成为一个固定词语，沿用至今，并衍生出类似的多种人生警句。

倏忽之间，又是一年。业已过去的 2020 年是极不平凡的一

《从岁月如流说起》（影印）

年，我们每个人都经历了前所未有的考验。庚子鼠年年初，我也参与了抗击疫情的志愿服务工作，每天头戴小红帽、身穿红马甲，在社区巡逻、路口值守。我曾在朋友圈发表"一点感悟"："此次疫情让我领悟到，无论富贵贫贱，在时间和疾病面前人人都是平等的。时间和疾病不会因为你位高权重而多给一分或远离于你；也不会因为你位卑人穷而少给一秒或病魔缠身。"那段时间我总觉得每天过得特别缓慢，总盼望疫情早点结束，灰暗的日子尽快过去。可谓是盼望着时光如流。如今，极不平凡的一年终于过去，留给我们太多的回忆与感叹。

2021 年和辛丑牛年相继如期而至，让我清醒地认识到，岁月如流，万古不变。未来的日子，不确定的因素太多，料想不到的事情也许还会发生。但我想，时光不会倒流我们料想得到；如流的岁月也必然是催人老的确定因素。谁能够把握好利用好造化公平给予我们的时间，谁就能不负光阴，不负人生。

写到这里，我又想到李白的名句"古来万事东流水"。唐代伟大的浪漫主义诗人、诗仙李白的代表作之一《梦游天佬吟留别》，想必不少人熟读过，记得我读大学中文系时这是必背的作品。这首长诗的结尾几句是："忽魂悸以魄动，恍惊起而长嗟。惟觉时之枕席，失向来之烟霞。世间行乐亦如此，古来万事东流水。别君去兮何时还？且放白鹿青崖间。须行即骑访名山。安能摧眉折腰事权贵，使我不得开心颜！"《梦游天佬吟留别》是一首记录梦境的诗作，大部分描述了梦游的所见所闻，而上引诗句是美梦惊醒之后的感叹。其中"世间行乐亦如此，古来万事东流水"的意思是说：人世间的欢乐也如同这梦中的幻境一样，自古以来万事都像东流之水，一去不复返。在李白眼里，"万事"主要指权贵和自身仕途。有人说李白是消极的，甚至把"行乐"理解为及时行乐之意，这是对李白的曲解。其实这是李白对人生的大彻大悟。

年少时读此诗，只觉得诗意洒脱、气势恢宏，却并未真正走进诗人的内心世界。如今 40 余年过去，自己已迈入花甲之年的门槛，经历了多少人、多少事，再来读这样的诗，便有了深刻的理解。尤其对"古来万事东流水"一句，更有深入骨髓的体会和感悟。

如果说"岁月如流"是从时间维度用流水比喻时光流逝的话，那么，"古来万事东流水"便是从空间维度用流水比喻万事的消逝，而且"古来"又从时空上说明万事的消逝从来如此，未来亦是。

古来万事东流水，体现的是视身外之物为流水的洒脱。从古至今，高尚纯粹之人总是轻视身外之物，不会成为金钱财物的奴隶。类似的例子和名言比比皆是，如"不为五斗米折腰""不食嗟来之食""视金钱如粪土"等，范仲淹的"不以物喜，不以己悲"，则将类似的意思表达到了极致。

古来万事东流水，体现的是对身关个人事项的淡然处之。历史上那些高风亮节之人，总是把自己的仕途、荣誉置之度外，无论是古代严子陵的不事王侯，还是当今张富清的深藏功名，都是如此。

古来万事东流水，体现的是生命无畏的无我境界。古往今来，凡是仁人志士，无不视死如归。不是因为他们轻视生命，而是在他们心目中，有比生命更宝贵的东西，那就是义，是自由，是国家独立民族解放人民幸福的崇高事业。为此，可以"舍生取义"，能够"生命诚可贵，爱情价更高。若为自由故，二者皆可抛"，更会"人生自古谁无死，留取丹心照汗青"。我所崇敬的中国共产党早期领导人瞿秋白，面对敌人的枪口，泰然说"此地很好"后，在草坪上盘腿而坐的那份从容潇洒，令人肃然起敬。

总之，"万事"，包含着万事万物，当然也包含着时间，同样也包含着人世间的一切生命。它告诉我们岁月如流，我们唯有珍惜当下，分秒必争，才能真正赢得精彩的人生。

（2021 年第一期《浙江水文化》卷首语）

最应记住的桐庐诗词之"一"

桐庐是诗的渊薮，诗词文化，源远流长。历代诗人留下的数千首诗词是桐庐宝贵的文化遗产。这么多古诗词我们难以熟记熟背（也没必要），但熟背几首诗词还是必须的。根据本人研读，给大家推荐最值得熟记的关于桐庐诗词的几个"一"。

一句诗：

桐庐处处是新诗。

这是南宋著名爱国诗人陆游七绝《渔浦》中的首句，意思是说桐庐到处是像新写的诗歌一样新奇的美景。这句诗高度概括了桐庐风光风貌如诗（如画）的特点。

一联诗：

三吴行尽千山水，

犹道桐庐更清美。

这是北宋大文豪苏轼（东坡）《送江公著知吉州》一诗中的

首联。全诗较长,我们只需记住这一联即可。意思是说,游遍三吴(泛指长江下游江南一带)的千山万水,还是觉得桐庐的山水更加清丽秀美。诗句以衬托的手法来盛赞桐庐。苏轼喜爱三吴千山万水,但他更钟爱桐庐山水,我们桐庐人又怎能不热爱生我养我的这方山水。

一首五绝:

潇洒桐庐郡,江山景物妍。

问君君不语,指木是何年。

这是镌刻在桐君山石壁上元朝俞颐轩的诗。短短 20 个字,既赞颂了桐庐的美丽景物,又浓缩了桐君老人在梧桐树下结庐为屋采药治病、人问其名指桐以示的美好传说。其中"潇洒桐庐郡,江山景物妍",虽然沿袭了范仲淹诗意,但由于其高度的概括力,让这两句诗成为如今桐庐对外宣传常用的诗句。

一首七绝:

一折青山一扇屏,一湾碧水一条琴。

无声诗与有声画,须在桐庐江上寻。

这是清朝诗人刘嗣绾《自钱塘至桐庐舟中杂诗》。这首七绝是最完整准确表达潇洒桐庐如诗如画特点的佳作。诗的意思是说,一折折青山宛如一扇扇画屏(无声诗),而一湾湾碧水又恰似一条条古琴,正弹奏出一曲曲动人的山水清音(有声画),这令人陶醉的无声诗与有声画,必须在桐庐江上才能找寻得到。

一首五律:

《富春江名胜诗集》

潇洒桐庐县，寒江缘一湾。

朱楼隔绿柳，白塔映青山。

稚子排窗出，舟人买菜还。

峰头好亭子，不得一跻攀。

这是南宋四大家之一杨万里《舟过桐庐三首》的第一首。此诗鲜明生动地描绘了桐庐县城的地理风貌和桐君山色彩斑斓的风景以及人们的活动场景，同时以无暇登桐君山的遗憾，表达对美好风光的赞美之情。

一首七律：

钱塘江尽到桐庐，水碧山青画不如。

白羽乌飞严子濑，绿蓑人钓季鹰鱼。

潭心倒影时开合，谷口闲云自卷舒。

此境只应词客爱，投文空吊木玄虚。

韦庄的七律《桐庐县作》是一首盛赞桐庐自然风光与人文风情的唐诗。既有评价与赞美，又有描写与形容；既有眼前场景的描绘，又有历史典故的引用。这是一首完美的桐庐赞歌，值得我们熟背。尤其首联，告诉我们桐庐所处的地理方位和水碧山青的自然特征，而"画不如"则是诗人对桐庐山水的最高评价。此联是桐庐诗词金句王，是对外宣传使用频率最高的诗句。

一首词：

一叶舟轻，双桨鸿惊。水天清、影湛波平。鱼翻藻鉴，鹭点烟汀。过沙溪急，霜溪冷，月溪明。

重重似画，曲曲如屏。算当年、虚老严陵。君臣一梦，今古空名。但远山长，云山乱，晓山青。

苏轼的这首《行香子·过七里滩》是严子陵钓台诗词中的佳作。这首词把七里滩的迷人风光与严子陵归隐其间的传奇故事完美地融合在一起，写得隽永含蓄，韵味无穷。"重重似画，曲曲如屏"无疑是这首《行香子》的词眼。

一组诗：

我要推荐的一组诗，当然非范仲淹的《潇洒桐庐郡十绝》莫属：

一

潇洒桐庐郡，乌龙山霭中。

使君无一事，心共白云空。

二

潇洒桐庐郡，开轩即解颜。
劳生一何幸，日日面青山。

三

潇洒桐庐郡，全家长道情。
不闻歌舞事，绕舍石泉声。

四

潇洒桐庐郡，公余午睡浓。
人生安乐处，谁复问千钟。

五

潇洒桐庐郡，家家竹隐泉。
令人思杜牧，无处不潺湲。

六

潇洒桐庐郡，春山半是茶。
新雷还好事，惊起雨前芽。

七

潇洒桐庐郡，千家起画楼。

相呼采莲去，笑上木兰舟。

八

潇洒桐庐郡，清潭百丈余。

钓翁应有道，所得是嘉鱼。

九

潇洒桐庐郡，身闲性亦灵。

降真香一炷，欲老悟黄庭。

十

潇洒桐庐郡，严陵旧钓台。

江山如不胜，光武肯教来。

因为这组诗，范仲淹获得了"范桐庐"的别名，而桐庐则留下了"潇洒桐庐"的美誉，成为桐庐的县域与城市品牌。关于这组五言绝句，我已写有多篇文章赏析、阐释其艺术特色和思想内涵，限于篇幅在此不再赘述，读者朋友可以上网查阅或读《诗说桐庐》一书相关篇目。我要强调的是，题目是"十绝"（非"十咏"），全诗一咏到底、一气呵成。这组诗不仅能够让人享受到其气势美、画面美、韵律美、结构美、意境美和人格美，还能从中领略范仲淹的生命观、生态观、生活观、生产观和生息观。这样的华美诗篇，我们何乐而不常吟长诵。

以上 8 个"一"，十几首（句）桐庐词诗，是根据我的理解从浩如烟海的古诗词中精选出来的经典。倘若我们都能熟背熟记这些诗词，在与别人特别是县外来宾交流时张口吟诵熟练使用，窃以为足矣。当然，桐庐诗词佳作岂止这些，如果您还能多背多记，毫无疑问多多益善。

（2020 年 12 月 19 日西班牙伊比利亚诗社微信公众号发布）

"自富阳至桐庐"是自建德至桐庐吗

——与朱睦卿先生商榷

    建德市地方文化学者朱睦卿先生在"严州文化丛书第二辑"《人物春秋》（天津古籍出版社 2009 年 12 月版）中的《吴均：山水文章第一人》一文中写道："由于文中（指《与朱元思书》一文——笔者）'自富阳至桐庐'一句，千百年来，人们一直认为这篇文章描写的是从富阳往桐庐溯流而上'一百许里'的山水风光。但这样的说法显然无法与实际情况对上号。首先，富阳至桐庐的江面，山与水并不相连，并非是'夹岸高山'，而是'远'峰高山；其次，这段江水已流出江道逼仄、落差极大的七里泷。再次，文中明确交代，这'一百许里'水程乃是'从流飘荡，任意东西。''从'乃跟随、追随之意，'从流'就是随波逐流。"（第 19 页）

    据此，作者得出结论："要之，文中描写的景色只能是从建

2020 年第四期《文澜》

德县城（今梅城古镇）到桐庐县城这'一百许里'的风光，尤其是七里泷一段的景色。"并认为"是否吴均将富春写成了富阳，抑或建德曾做过一段富阳郡治，遂铸成这么一桩千古疑案，尚有待时贤后昆解谜焉。"（第 19 页）

　　笔者二三十年前曾经在中学课堂上多次讲授此文，可这桩所谓的"千古疑案"我还是闻所未闻。朱先生的观点自然引起我的浓厚兴趣。然而，细读之后，觉得朱先生的观点似是而非，其论我不敢苟同。

其一，关于"从流飘荡"。《与朱元思书》一文开篇："风烟俱净，天山共色，从流飘荡，任意东西。"我以为这四句是泛写作者旅途所见和旅程状态。"从流飘荡"与逆水而上并不矛盾，反而反映其悠然自得的心态。何况富春江受钱塘江大潮影响，船只上行时恰好会有忽左忽右的情况，正是"任意东西"的状态，而顺流而下则须直行才行。

其二，关于"一百许里"。"自富阳至桐庐，一百许里，奇山异水，天下独绝"是总写感受。富阳至桐庐，历来称百里。而朱先生说的"从梅城到桐庐县城"只有四五十里，到七里濑一带则更短。

其三，关于富阳江面开阔，非夹岸高山。一是富春江富阳段尽管下游江面宽阔，但往上一段江有新沙岛、王洲岛、小桐洲、大桐洲等洲渚，江流一分为二，变得逼仄。其实自富阳至桐庐一百许里，基本是两岸山夹一江水，无非是时宽时窄。吴均赋中的"夹岸高山"显然是写像富阳的"长山泷""密箭泷"、桐庐"七里泷"等处江景；二是尽管吴均文中说"自富阳至桐庐"，但其落脚点主要在桐庐，而且应在七里濑一带。正如清朝诗人刘嗣绾《自钱塘至桐庐舟中杂诗》："一折青山一扇屏，一湾碧水一条琴。无声诗与有声画，须在桐庐江上寻。"尽管描写的区域是"自钱塘至桐庐"（即从杭州到桐庐），但前两句写景显然包括富阳，当然主要在桐庐境内。因而以富阳江面宽阔来否认"自富阳至桐庐"显得牵强。

其四，关于"将富春写成了富阳"。此论实在是朱先生的臆测。何况富春原来就是富阳的旧名。古诗文中提到的"富春"，往往指的是富阳。即使富阳是富春之误，也不可能说是建德。

其五，从吴均是安吉人推断，他从水路初游富春江，应该是溯江而上才会觉得新奇而迫不及待地给朋友写信。赋是文学体裁，不是地理专著，如此拘泥，就不叫赋了。更何况在那个时代，吴均也没有先坐车到建德，再坐船顺流而下的可能，只能在风平浪静的日子，或顺风、顺潮之时，从流飘荡，任意东西。

综上所述，我以为吴均《与朱元思书》"自富阳至桐庐"的表述是毋庸置疑的。

（载 2020 年第四期《文澜》》）

从祠、堂、楼"三记"谈范仲淹的清廉思想及其实践

北宋著名的思想家、政治家、军事家、文学家范仲淹，一生著文作诗无数，但是以记为题的散文仅有 6 篇。即《桐庐郡严先生祠堂记》《会稽清白堂记》《岳阳楼记》及《南京书院题名记》《邠州建学记》《天竺山日观大师塔记》。

此六记之中，以祠、堂、楼为记文主角的《桐庐郡严先生祠堂记》《会稽清白堂记》《岳阳楼记》，可谓一脉相承，充分体现了范仲淹的清廉思想，彰显了他的廉政誓言。

一、"三记"的写作背景与内容

《桐庐郡严先生祠堂记》（清代收入《古文观止》题为《严先生祠堂记》），作于范仲淹第二次被贬出知睦州时，即宋仁宗

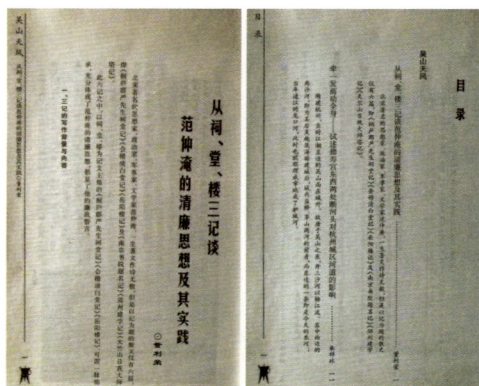

2020年第一期《文澜》

景祐元年（1034）。睦州当时别名桐庐郡，辖淳化、遂安、建德、寿昌、桐庐、分水六县，即今桐庐、建德、淳安三县市。

范公出知睦州时，尽管州治在建德梅城，但他一直喜欢用桐庐一名。以至于写下《出守桐庐道中十绝》《赴桐庐郡淮上遇风三首》《潇洒桐庐郡十绝》《桐庐郡斋书事》《桐庐郡严先生祠堂记》等多篇以桐庐或桐庐郡为题的诗文。《桐庐郡严先生祠堂记》是范仲淹首次以州府名义，在桐庐县境内富春山麓严子陵钓台修建严先生祠堂后，为"使贪夫廉，懦夫立，是有大功于名教"而撰写的记文。

全文如下：

桐庐郡严先生祠堂记

先生，汉光武之故人也。相尚以道。及帝握赤符，乘六龙，得圣人之时，臣妾亿兆、天下孰加焉？惟先生以节高之。既而动星象，归江湖，得圣人之清，泥涂轩冕，天下孰加焉？惟光武以礼下之。在《蛊》之上九："众方有为，而独不事王侯，高尚其事。"先生以之。在《屯》之初九："阳德方亨，而能以贵下贱，大得民也。"光武以之。盖先生之心，出乎日月之上；光武之器，包乎天地之外。微先生，不能成光武之大；微光武，岂能遂先生之高哉？而使贪夫廉，懦夫立，是有大功于名教也。仲淹来守是邦，始构堂而奠焉，乃复其为后者四家，以奉祠事。又从而歌曰："云山苍苍，江水泱泱；先生之风，山高水长！"

《会稽清白堂记》（亦作《清白堂记》）写于范仲淹出知越州（今绍兴）的第三年，即宋仁宗康定元年（1040）。当时范公在州府发现一口废井，请人清除整理后发现井水清白而甘甜，于是给它取名"清白泉"，将泉边凉堂署名清白堂，又构建一座清白亭。由于范仲淹"爱其清白而有德义，可为官师之规"，于是写下此记：

会稽清白堂记

会稽府署，据卧龙山之南足，北上有蓬莱阁，阁之西有凉堂，堂之西有岩焉。岩之下有地方数丈，密蔓深丛，莽然就荒。一日命役徒芟而辟之，中获废井。即呼工出其泥滓，观其好恶，曰嘉泉也。择高年吏问废之由，曰不知也。乃扃而澄之。

三日而后，汲视其泉，清而白色，味之甚甘。渊然丈余，引不可竭。当大暑时，饮之若饵白雪，咀轻冰，凛如也；当严冬时，若遇爱日，得阳春，温如也。其或雨作云蒸，醇醇而浑；盖山泽通气，应于名源矣。又召嘉宾，以建溪、日铸、卧龙、云门之茗试之，则甘液华滋，悦人襟灵。

观夫大易之象，初则井道未通，泥而不食，弗治也；终则井道大成，收而勿幕，有功也。其斯之谓乎？又曰井德之地，盖言所守不迁矣；井以辨义，盖言所施不私矣。圣人画井之象，以明君子之道焉。予爱其清白而有德义，可为官师之规，因署其堂曰清白堂，又构亭于其侧，曰清白亭。庶几居斯堂，登斯亭，而无忝其名哉！时康定元年三月二十日。

《岳阳楼记》写于范仲淹知邓州时的宋仁宗庆历六年（1046），他是应岳阳知州好友滕子京求记而撰此文。此时的范仲淹，已经经历仕途四上四下的坎坷，丰富的政治生涯积累，让他完成了一篇千古第一美文，"留下了一笔重要的文化财富和政治财富"。

岳阳楼记

庆历四年春，滕子京谪守巴陵郡。越明年，政通人和，百废具兴。乃重修岳阳楼，增其旧制，刻唐贤今人诗赋于其上。属予作文以记之。

予观夫巴陵胜状，在洞庭一湖。衔远山，吞长江，浩浩汤汤，横无际涯；朝晖夕阴，气象万千。此则岳阳楼之大观也，前人之述备矣。然则北通巫峡，南极潇湘，迁客骚人，多会于此，览物之情，得无异乎？

若夫淫雨霏霏，连月不开，阴风怒号，浊浪排空；日星隐曜，山岳潜形；商旅不行，樯倾楫摧；薄暮冥冥，虎啸猿啼。登斯楼也，则有去国怀乡，忧谗畏讥，满目萧然，感极而悲者矣。

至若春和景明，波澜不惊，上下天光，一碧万顷；沙鸥翔集，锦鳞游泳；岸芷汀兰，郁郁青青。而或长烟一空，皓月千里，浮光跃金，静影沉璧，渔歌互答，此乐何极！登斯楼也，则有心旷神怡，宠辱偕忘，把酒临风，其喜洋洋者矣。

嗟夫！予尝求古仁人之心，或异二者之为，何哉？不以物喜，不以己悲；居庙堂之高则忧其民；处江湖之远则忧其君。是进亦忧，退亦忧。然则何时而乐耶？其必曰"先天下之忧而忧，后天下之乐而乐"乎。噫！微斯人，吾谁与归？

时六年九月十五日。

二、从'三记'看范仲淹清廉思想的主要内涵

透过《桐庐郡严先生祠堂记》《会稽清白堂记》《岳阳楼记》的字里行间，我们可以发现有一条主线贯穿其中，那就是他的清廉思想。当然，每一篇所表达的含义各有侧重。

《桐庐郡严先生祠堂记》主要是称赞严子陵蔑视权贵的高风亮节。

东汉高士严子陵是汉武帝刘秀同窗好友，辅助刘秀称帝后，

寻隐桐庐富春江畔富春山麓，垂钓耕作，自得其乐，成就一处自然与人文景观——严子陵钓台，成为历代文人的精神家园。范仲淹出知睦州（桐庐郡）时，认为严子陵"不事王侯"、蔑视权贵的品行值得崇尚，他写信给朋友说："既抵桐庐郡，郡有严陵钓台，思其人，咏其风，毅然知肥遁之可尚矣。能使贪夫廉，懦夫立，是大有功于名教也。"（《与邵疏书》）于是他派从事章岷前往严子陵钓台修建严先生祠堂，并绘晚唐诗人方干像配祀。更用心写成平生第一篇记《桐庐郡严先生祠堂记》，盛赞"先生之风，山高水长"！从此之后，"往来桐江船，必拜严子祠。"

然而，不可否认，历朝历代也有不少人对严子陵持怀疑态度，认为他沽名钓誉。其实，对于严子陵的认识和评价，我们应该放在他当时的历史条件下去看待。况且最重要的是，严子陵曾说过："怀仁辅义天下悦，阿谀顺旨腰领绝。"（南朝宋·范晔《严光传》）意思是说，心怀仁德辅助皇帝按道义行事的人，天下人都会称赞他；一味阿谀逢迎皇帝旨意的人，会落得斩首的下场。这是最能体现严子陵义理精神的核心所在。这也是严子陵能够为历代文人所推崇的根本原因。

范仲淹对高官厚禄的轻视，还能从《潇洒桐庐郡十绝》第四首中得到印证："潇洒桐庐郡，公余午睡浓。人生安乐处，谁复问千钟。""千钟"即优厚的俸禄。"谁复问千钟"的感慨，与郁达夫坐在桐君山的石凳上发出"倘使我若能在这样的地方结屋读书，颐养天年，那还要什么的高官厚禄，还要什么的浮名虚誉哩"

（《钓台的春昼》）的感叹异曲同工。"人生安乐处，谁复问千钟"，这是何等的潇洒豪迈。

《会稽清白堂记》借泉明理，借井喻德，倡导"清白而有德义"的官师之规。

清白做人，清白为官，这既是范仲淹对他人的倡导，希望天下官员都能够恪守"君子之道"，更是他自律的约束。"庶几居斯堂，登斯亭，而无忝其名哉"，希望自己不要玷污了清白之名，这样的自律誓言不是一般的官员敢于承诺的。

从蔑视高官厚禄到倡导清白之风，范仲淹的清廉思想得到了提升，再到《岳阳楼记》中崇尚的"不以物喜，不以己悲"的人生境界和先忧后乐的担当精神，则是其清廉思想的进一步升华，是廉正与勤政的高度统一。

"不以物喜，不以己悲。"表达了范仲淹的人生观。对此，梁衡先生有过精彩的阐释："物，指外部世界，不为利动；己，指内心世界，不为私惑。就是说，有信仰，有目标，有精神追求，有道德操守。"诚哉斯言！

正因为范仲淹达到了无我的境界，才能做到"居庙堂之高则忧其民，处江湖之远则忧其君"。在他心中，百姓与国家社稷的利益永远是第一位的。至此，"先天下之忧而忧，后天下之乐而乐"的至理名言喷射而出。

《岳阳楼记》中"不以物喜，不以己悲""居庙堂之高则忧其民，处江湖之远则忧其君""先天下之忧而忧，后天下之乐而乐"

三句名言，在内涵上也是层层递进的。

三、范仲淹是一生践行清正廉洁、勤政为民的楷模

值得我们注意的是，范仲淹不是仅仅在这三篇记中表达了他的清廉思想，更重要的是，在他一生的仕途经历中，始终将这种清廉思想贯穿其中，真正做到了"立德、立言、立功"。

考察范仲淹的一生，他在践行清廉思想上主要体现在以下几个方面：

一是崇贤尚德，注重教育教化。

或许由于范仲淹自幼丧父的独特经历和读书阶段的孜孜追求，让他接受了丰富的传统美德的滋润和历代先贤的影响，因而，范仲淹十分重视传统文化的传承和名人文化的弘扬，以此教育教化人们。

在睦州（桐庐郡）修祠作记，弘扬严子陵的高风亮节便是最为典型的例子。另外，他还在桐庐二访方干故里，称赞其"幽兰在深处，终日自清芬"的品格；思念杜牧（"令人思杜牧"）的政德文才。在越州，寻访先祖范蠡遗迹并写诗称赞"千载家风"。（《题翠峰院》：翠峰高于白云闲，吾祖曾居水石间。千载家风应未坠，子孙还解爱青山。）又寻访贺知章故居天长观，"度材而新之""以广游人之观采"。在其他州郡他同样如此。

范仲淹还是古代一位杰出的教育家，每到一地任职，他都创办书院，开重视教育风气之先。在睦州建立龙山书院，在越州建

稽山书院，均请李觏（泰伯）前来"讲贯"。

他同时还十分重视对官员和百姓的教育教化，力求树官场与民间风清气正之貌。针对睦州"二浙之俗，躁而无刚"的特点，他勇于担当，善于治理，注重以仁义礼训教育人们，很快见效，"吞夺之害，稍稍而息"。其实范仲淹修祠作记、构亭撰文及大量的触景吟诗，目的都是为了感化教化世人。同时也是对自己的警示，"庶几无忝其名哉"的愿望和"微斯人，吾谁与归"的感叹，都是范仲淹的自律誓言。

二是清正廉明，以身作则。

范仲淹可谓是一生清廉的表率。欧阳修称赞他："公少有大节，于富贵、贫贱、毁誉、欢戚，不一动其心，而慨然有志于天下。"这种清廉之风吹遍范仲淹任职的每一地。他非但不会伸手占官府或他人的便宜，相反常常接济他人。"公为人外和内刚，乐善泛爱。"这是欧阳修对他为人的评价。富弼同样说："公天性喜施与，人有急必济之，不计家用有无。"范仲淹在睦州时，十分同情一位来自洛阳"老且贫"的花匠，写诗详尽描述他的悲苦经历。在越州时，范公还以自己俸禄救济贫苦官员。晚年更是在祖籍地苏州置办义庄。

范仲淹的清廉还突出表现在家教方面，他对四个儿子的教育十分严厉，即使对侄儿，也要求严格。"既显，门中如贬贫时，家人不识富贵之乐。"（富弼）正因如此，范仲淹的四个儿子也都有出息，二子纯仁还官至宰相。并且他们将这一良好家风代代相传，几百年不衰。

三是先忧后乐，勤政为民。

"先天下之忧而忧，后天下之乐而乐。"这样的从政宣言和为政准则，范仲淹不是仅仅停留在文字中，而是一生践行，堪称楷模。他最大的政德就是"为官一任，造福一方"，希望百姓都能安居乐业。为此他勇于担当，敢于尽职，这是他的突出品行。范仲淹十分关爱民生，用他自己的话说"敢不尽心，以求疾苦""救民疾于一方"。他在多地治理水患，更是在杭州遭遇大饥荒时实施"荒政三策"，使杭州百姓顺利度过灾情。

一个人在一地为官，受到百姓欢迎与爱戴或许并不稀奇。范仲淹每任一地，都受到百姓称颂和怀念，"其为政，所至民多立祠画像"（欧阳修语），实在难能可贵。据统计，如今全国共有9省建有15座范仲淹纪念馆或祠堂。而其他纪念设施更为普遍，如范仲淹在浙江先后任职过的睦州（桐庐郡）州府所在地梅城建有思范坊；桐庐县不仅建成了范仲淹纪念馆，而且在平阳山上竖立了范公铜像及牌坊碑廊凉亭等；越州绍兴在府山公园重修清白堂、清白亭，并立碑铭刻《清白堂记》；杭州则在孤山上建有范公亭。这一切都是为了昭示后人，不要忘了范仲淹的功德，更为了警示人们见贤思齐，以"第一流人物"范仲淹为楷模。

（载 2021 年第一期《文澜》》）

三位古人与一个西湖

  在杭州的历史天空中，有三颗巨星光耀古今。他们与西湖的故事，千古流芳。

  杭州有幸。曾经拥有三位杰出的"老市长"，他们的名字宛如西湖山水，不朽于天地之间。他们便是白居易、范仲淹和苏轼。

  唐朝是一个诗的国度。诗人未必是官员，但官员往往是诗人。白居易是唐朝最顶尖的三大诗人之一，又是一个出色的官员。公元 822 年（唐穆宗长庆二年），白居易调离京城出任杭州刺史（相当于今市长）。这位年少时便因写下"野火烧不尽，春风吹又生"而一举成名的大诗人，主政杭州时已年过半百。他的到任，让濒临湮没的西湖"春风吹又生"。白公在杭仅仅三年时间，却做了许多福泽百姓之事，因而深受爱戴。他离任之时受到杭城百姓夹道欢送的场景，堪称官民鱼水深情的经典写照。西湖不仅成了白居易最爱最忆杭州的寄托："未能抛得杭州去，一半勾留是此湖。"

《三位古人与一个西湖》（文章影印）

西湖也是他精心保护治理后留给杭州人民的一份最佳最厚礼物："唯留一湖水，与汝救凶年。"正因为如此，后人将白居易"最爱湖东行不足，绿杨荫里白沙堤"之堤称为白公堤。如今，白堤如同白居易脍炙人口的诗行，镌刻在西湖湖面上，更镌刻在杭州人的心坎上。

斗转星移，世移事迁。白居易离开杭州的 200 余年之后，北宋名臣范仲淹于公元 1049 年（宋仁宗皇祐元年）从邓州调往杭州任知州（也相当于今市长）。这一年范公已年届花甲，可他依然充满激情，勇于担当。范公在《杭州谢上表》中云："江海上游，东南巨屏，所寄至重，为荣极深。"感激之情溢于言表。范公在杭州西湖尽管没有留下范堤，但他首创的"荒政三策"，却是中国救荒史上的一道大堤。

范仲淹主政杭州的第二年，两浙爆发大饥荒，杭州灾情尤重。范公一改开仓济民的常规办法，而是一来抬高粮价，吸纳各地粮食纷纷运入，反使杭城粮价大跌；二来下令大兴公私土木之役，广招民工，以工代赈；三来更大胆的是纵民竞渡，休闲游湖。范仲淹亲自带头每天坐着画舫出游宴请于西湖之上。范公此举不但没有引来非议，反而引得有钱人纷纷效仿，慷慨解囊，钱物流通，消费顺畅。范公此举多管齐下，收效明显。史载"是岁两浙惟杭州民不流徙"。沈括在《梦溪笔谈》中记载此事给予"荒政之施，莫此为大"的高度评价。范仲淹"荒政三策"，无疑在西湖之畔矗立起一座先忧后乐的丰碑。

时隔20余年之后，与范仲淹同时代而年岁略小的北宋大文豪苏轼曾两度任职杭州。前一次苏轼在杭州任通判，并无太多建树。后一次正是范仲淹到任杭州的整整40年之后，即公元1089年（宋仁宗元祐四年），已年逾半百的苏轼出任杭州知州。故地重返，苏轼对主政地杭州有了更深的情感与更多的投入。他钟情于西湖的明眸善睐。他迷恋着"水光潋滟晴方好，山色空蒙雨亦奇"的西子湖。他更以极大的精力投入到西湖的疏浚治理之中，成为古代治水的典范。他也为后人留下了苏堤春晓、三潭印月等不朽风景和"淡妆浓抹总相宜"的千古绝唱。

"江山也要伟人扶，神化丹青即画图。"古往今来，正因为有白居易、范仲淹、苏轼及无数名人雅士为西湖增添的人文光芒，西湖才能像一颗璀璨的明珠，永远闪耀在世界的东方，吸引全球的目光。

（载2016年第8期《杭州政协·"万象天地"》文史专栏）

山高水长子陵风

云山苍苍，江水泱泱。

先生之风，山高水长。

这是北宋名臣范仲淹在《桐庐郡严先生祠堂记》一文中盛赞东汉高士严子陵的名句。因为严子陵，桐庐境内留存了一处集自然风光与人文风貌为一体的名胜古迹——严子陵钓台。严子陵史载"会稽余姚人"，但他在桐庐隐居10余载，名迹与桐庐山川已融为一体，流芳千古。他是一位古代的新桐庐人。

一、严子陵其人

严子陵，本姓庄，因避汉明帝刘庄讳改姓严，名光，一名遵，字子陵，东汉会稽余姚人（今属宁波慈溪境内，其故乡子陵村与严子陵墓在）。

严子陵从小就已出名。王莽赏识他博学多才，屡次聘他出仕，严子陵都违抗不从。后来，严子陵在长安遇到刘秀，于是两人成为同学，结成友好。刘秀起兵反莽，严子陵积极拥护并为他出过一些主意。其后王莽被杀，刘秀准备登位做皇帝。前将军耿纯说："天下士大夫，捐亲戚，弃土壤，依大王于矢石之间者，其计因望攀龙麟、附凤翼，以成其所志也。"意思是说，跟随刘秀打天下的人，是为了做官，荣宗耀祖。但严子陵对"攀龙附风"不感兴趣。更始三年(25)六月，刘秀登基做了皇帝，定都洛阳。严子陵干脆易姓改名，隐身不见。

光武帝刘秀深知严子陵的人品才情，很想请他来协助治理天下，于是叫画工绘成严子陵肖像，到处张贴寻找严子陵下落。后来有齐国人奏报，有一男子身披羊裘垂钓泽中。刘秀料想是严子陵，连忙派使者备了马车带了礼物前往延聘。严子陵却一再推辞，拒绝出山。使者往返三次，严子陵才勉强登车来到京城洛阳。大司徒侯霸是严子陵旧友，他听说严子陵已到京城，便派遣使者奉书问候。侯霸在王莽朝初任过淮平大尹，现在又位居显要，严子陵看不起他，只给侯霸口授一封短简，说："侯霸你已位至鼎足而立的三公高位，很好。臣子辅助君主以仁义治国家，则天下人都欢迎；如果只知阿谀奉承，对君主的错误主张也一味曲从，就难免会受到腰斩颈断的极刑。"侯霸看后便把短简呈送给光武帝，光武帝笑着说："我这个狂妄的伙伴，还是那个老样子。"于是刘秀亲自前去看望严子陵。严子陵见刘秀前来也依然睡着不动。刘秀走到床前摸着严子陵的肚子问道："子陵，你何故不肯相助我呀？"严子陵假装睡着不答应，良久才回答："从前唐尧是有道明君，想请巢父帮助他治理国家，巢父听说要他做官，认为耳朵都被弄脏了，赶忙用水洗耳。人各有志，岂能相迫？"光武帝叹道："我竟不能屈你为臣呀！"只好上车叹息而去。

过了几天，光武帝又再次亲自前来敦请。他们在言谈中忆叙旧情，讨论治国之道，一连好几天，谈得困倦了，便同卧在一张床上。严子陵昏睡中，把脚搁放在光武帝的肚子上。第二天，太史慌忙奏报："有客星犯帝座，情况十分紧急。"光武帝笑着告诉他："不必大惊小怪，是我与故人严子陵共卧一床啊。"

光武帝还给严子陵写过一封信，言真意切，足以名世。这封《与严子陵书》这样写道：

古之大有为之君，必有不召之臣，朕何敢臣子陵哉！惟此鸿业，若涉春冰，譬之疮痏，必杖而行。若绮里不少高皇，奈何子陵少朕也？箕山颍水之风，非朕之所敢望。

后来，光武帝封严子陵为谏议大夫，严子陵也不愿就任。寻到富春江畔的富春山麓，开始了垂钓生涯。后人称他垂钓的地方为严陵濑。建武十七年（41），光武帝再次聘他入朝辅政，严子陵仍然拒绝了。最后年80时回老家故世，安葬于陈山。

光武帝对严子陵的去世又悲伤又惋惜，颁发诏书给郡县赐送"钱百万、谷千斛"，为严子陵隆重操办后事并抚恤其家人。成就了一段光武与故人的千古佳话。

二、后人眼中的严子陵

严子陵万万没有想到，他越不想出名，却越引来历朝历代的名人雅士为他树碑立传。其中最著名者，当属南宋著名史学家范晔在《后汉书》中所写的《严光传》。而历代诗人，从中国山水诗鼻祖谢灵运开始，均在诗中盛赞严子陵。谢灵运在《七里濑》一诗中写道："目睹严子濑，想属任公钓。""严子濑"又名严濑（滩）、子陵濑（滩）、严陵濑（滩）等，也即富春江中一段"有风七里，无风七十里"的急流险滩，即七里滩（濑）。这一段山水，乃至州府都姓严，可见严子陵对后世的影响之大，后人对严子陵缅怀之情之深。

对严子陵的影响起到推波助澜作用的，无疑要首推范仲淹。范公在宋仁宗景祐元年（1034）出知睦州（桐庐郡）时，景仰于严子陵的高风亮节，派从事章岷在桐庐境内严子陵钓台修建了严先生祠堂，从此严先生祠的修建均由州府或县衙承担，用今天的话来说就是由政府建造（如今的严先生祠就是1983年由桐庐县人民政府建造的）。不仅如此，范仲淹还倾情写下《桐庐郡严先生祠堂记》，

表达了对严子陵的崇敬之心，希望对后人起到"使贪夫廉，懦夫立"的教化作用。从此，"往来桐江船，必拜严子祠。"（南宋赵蕃）

严子陵俨然成了中国文人的精神偶像，而严子陵钓台，则成为中国文人的精神家园。这是占绝对主流的。敬仰严子陵者又往往表现为两种形态，一是"必拜严子祠"，登钓台、进祠堂，拜谒严光，正如东台亭联"登钓台而望神怡心旷，想先生之风山高水长"。另一种心态表达出自己为了名利往来于富春江上途经严滩，羞见或怕惊扰严先生，匆匆而过。陈必敬的"公为名利隐，我为名利来。羞见先生面，黄昏过钓台"和李清照的"巨舰只缘因利往，扁舟亦是为名来。往来有愧先生德，特地通宵过钓台"是其中的代表，另外如"严光万古清风在，不敢停桡更问津"（唐·吴融）"严陵台下过，不敢浣尘衣"（宋·姚镛）等诗句都表达了这样的意思。

另一种非主流的态度就是认为严子陵沽名钓誉。尽管后人在诗文中也有批评乃至贬损严子陵的声音，但始终没有影响严子陵的地位和影响力，这本身就是一件值得深思的事情。明朝大才子徐渭（文长）一首七律《严滩懊》的诗序记录了一个很有意思的故事："暮至严滩，客有及子陵先生者，辄嘲之曰：老汉捏怪，终年著羊裘，老脾寒病耶？呼笔札来翻旧案，不两句而石尤起舟，几碎，拟牲往祷，恐群吏笑，偷取两句灰之，誓于江曰：亟归，当望祷。"由此可见，连老天爷都容不得人们贬损严子陵。

尤其让人惊讶的是，南宋高宗皇帝赵构都"追封汉严子陵奉议大夫"，并在制文中给予高度评价，作为一名最高统治者，难能可贵。

严子陵钓台全景／陈俊摄

关于严子陵及其钓台的宣传推介，我和缪建民合作的《严光与严子陵钓台》一书作为"杭州全书·钱塘江丛书"之一，2014年由杭州出版社出版。

三、严子陵对桐庐的影响力

严子陵隐居富春山，也为桐庐带来了巨大的文化影响力。

首先，因为严子陵，让江山清绝的七里泷一段锦上添花，成为富春江中无与伦比的最佳区域。本来七里滩便是自古以来富春江流域风光最美的地方，因为严光垂钓于此，平添了一份传奇色彩和人文气息。严子陵钓台被誉为全国十大钓台之首，自然与人文因素独领风骚、相得益彰有关。

其次，因为严光和严子陵钓台，吸引了历朝历代文人雅士纷纷前来桐庐，吟诗填词。桐庐之所以能够成为古代诗词留存最多县，形成底蕴深厚的"诗词文化"，严光及其钓台功不可没。我曾概括桐庐诗词文化形成原因的三个"独"，即"天下独绝"的"奇山异水"，得天独厚的水上交通和独领风骚的严子陵钓台，其中第三个原因尤为重要。

再次，严子陵又是桐庐隐逸文化的代表性人物，正因为严子陵，让桐庐成为东南亚隐逸文化的发源地。严子陵的影响力波及日本、韩国、越南、泰国等国家。尤其是韩国14世纪金居翼先生隐居不仕，世称"退庵先生"，被誉为韩国的严子陵。韩国东南大学金柱白教授几十年来致力于中、韩文化交流，先后来桐庐8次，并在严子陵钓台设立退庵先生屏铭碑。金柱白教授还前后三次邀请我县人士赴韩国参加纪念活动。2016年秋，我有幸赴韩国忠清南道扶余郡扶余邑中井里参加第11次韩、中、日国际学术文化交流退庵先生《义理香气》出版纪念国际活动。其中扶阳斋前的木柱上，"节如严子凛生风""斋仰高风千载长"等句子均与严子陵相关。有感于严先生之风传播深远，我事后即写了《义理香气飘万里》一文，谈到了怎样看待严子陵的问题。

写到这里，让我想到对于严子陵这个人物的认识。千百年来，严子陵早已成为中国历代文人的心中偶像，桐庐境内的严子陵钓台也是历代文人的精神家园。"往来桐江船，必拜严子祠。"然而，不可否认，历朝历代也有不少人对严子陵持怀疑态度，认为他沽名钓誉。其实，我们应该放在严子陵当时的历史条件下去看待他的行为。况且最重要的是，严子陵曾说过："怀仁辅义天下悦，阿谀顺旨腰领绝。"（南朝宋·范晔《严光传》）意思是说，心怀仁德辅助皇帝按道义行事的人，天下人都会称赞他；一味阿谀逢迎皇帝旨意的人，会落得斩首的下场。这是最能体现严子陵义理精神的核心所在。也正因如此，北宋范仲淹知睦州时毅然以州府名义修建严先生祠堂，写下《桐庐郡严先生祠堂记》，盛赞"先生之风，山高水长"。被朱熹誉为"第一流人物"的范仲淹之所以为严子陵修祠作记，是因为有感于他的高风亮节。范公曾写信给朋友说："既抵桐庐郡，郡有严陵钓台，思其人，咏其风，毅然知肥遁之可尚矣。能使贪夫廉，懦夫立，则是有大功于名教也。"他在记文中同样表达了"而使贪夫廉，懦夫立，是大有功于名教也"的意思。这样的肯定与评价不可谓不高。

文末我还写道："拥有严子陵钓台这一独绝千古的名胜古迹的桐庐，怎样做好传承与弘扬义理精神这篇文章，是摆在我们面前的一个课题。"

同样，我们今天究竟怎么看待严子陵，如何宣传严子陵，怎样让严子陵钓台这个名胜古迹在桐庐旅游中发挥更大的作用？如何让隐逸文化转化为桐庐旅游再出发的重要因素？同样需要我们努力做好这篇文章。

（本文系桐庐县社科联和县融媒体中心
"品读桐江名人"第二期·2021 年 1 月内容）

品读 "三章"

在唐朝灿若群星的诗人之中，有几颗耀眼的星星是桐庐诗人。著名的《全唐诗》共入编诗人 2200 余人，其中的 278 位被元代学者辛文房立传编入《唐才子传》，桐庐诗人就有 6 位，分别是章八元（卷四）、徐凝、章孝标、施肩吾（卷六）、方干（卷七）、章碣（卷九）。能入选《唐才子传》的，完全可以说是唐朝的著名诗人，桐庐一县就有 6 位，这在今天全国的县域当中，绝对算得上是名列前茅的。

在这 6 位诗人当中，章八元、章孝标、章碣是祖孙三代，世称 "三章"。"三章" 是睦州桐庐县常乐乡（今桐庐县横村镇）人，横村一带至今还流传着 "一门三进士，祖孙是诗人" 的佳话。这一现象不用说在横村在桐庐，即使在全省乃至全国范围内，大概也是独一无二的。因而 "三章" 现象引起了浙江省社科院的重视，2017 年还专门派人前来横村镇香山村调研。

"三章"祖辈章八元

一、章八元其人

《唐才子传》对章八元介绍如下：

八元，睦州桐庐人。少喜为诗，尝于邮亭偶题数语，盖激楚之音也。宗匠严维到驿，见而异之，问八元曰："尔能从我授格乎？"曰："素所愿也。"少顷遽发，八元已辞亲矣。维大器之，亲为指谕，数岁间，诗赋精绝。大历六年王溆榜第三人进士。居京既久，床头金尽，归江南，访韦苏州，待赠甚厚。复来都应制科。贞元中调句容主簿，况薄辞归。时有清江上人善诗，与八元为兄弟之好。初长安慈恩寺浮图，前后名流诗版甚多，八元亦题，有云："却怪鸟飞平地上，自惊人语半天中。"后元微之、白乐天至塔下遍览，因悉除去，惟存八元版在，吟咏久之，曰："名下无虚士也。"其警策称是。有诗集传于世，一卷。

综合各种版本的记载，对章八元简介如下： 章八元（743～829），字虞贤，是唐代睦州桐庐县常乐乡章邑里（今横村镇）人。人称"章才子"。唐大历六年（771）中进士。贞元中调句容（今江苏句容县）任主簿，后升迁协律郎（掌校正乐律）。他是"三章"中的祖父，对子孙后代影响很大。

"三章"塑像

二、章八元与名流的交往

作为唐朝时桐庐乡间人士的章八元，因为诗才，让他走出山乡，走进京城及各地，与名流交游甚广。

对章八元影响最大的名人，当然非严维莫属。严维，字正文，越州山阴（今绍兴）人，历任诸暨尉、河南尉，官终秘书郎。严维早年曾隐居桐庐，与睦州官员刘长卿较友善，常常互相赠诗唱和。严维关于桐庐的名诗便是寄赠刘长卿的《发桐庐寄刘员外》："处处云山无尽时，桐庐南望转参差。舟人莫道新安近，欲上潺湲行自迟。"严维偶然在驿馆看到章八元的诗，非常惊讶，便问八元是否愿意跟自己学习诗词格律。章八元对严维敬慕已久，满口答应。在严维教授之下，几年时间章八元诗艺精进，并顺利考中进士，后走上仕途。

关于章八元的诗才，有一个故事颇能说明问题。章八元曾经在长安慈恩寺浮图塔前留有《题慈恩寺塔》诗一首："十层突兀在虚空，四十门开面面风。却怪鸟飞平地上，自惊人语半天中。回梯暗踏如穿洞，绝顶初攀似出笼。落日风城佳气合，满城春树雨蒙蒙。"后来元稹、白居易到慈恩寺游览，看到他的题作，吟咏很久，赞叹说："想不到严维出这样的高徒，名下果然是没有虚士啊。"

章八元与刘长卿、韦应物、熊孺登、诗僧清江等唐朝著名诗人均较友善，有不少唱和之作。章八元还与《枫桥夜泊》的作者张继有交往。张继来桐庐与章八元"相见谈经史，江楼坐夜阑"，从这首《赠章八元》可见他们相谈甚欢的情景，也可见章八元其时在桐庐名声之大。

章八元另外一个重要的身份是方干的外公。有资料介绍说是方干岳父，实在有误。因为与方干同时代的忘年交孙郃在《元英先生传》中明确写道章八元是方干的"外王父"（即外祖父）。方干的诗艺，应该在很大程度上受到了章八元的影响。

三、章八元诗赏析

章八元是"睦州诗派"的重要人物之一。他的诗写景状物，功夫独到。有诗集一卷传世。现与观众朋友赏析《归桐庐旧居寄严长史》一诗：

昨辞夫子棹归舟，家在桐庐忆旧丘。

三月暖时花竞发，两溪分处水争流。

近闻江老传乡语，遥见家山减旅愁。

或在醉中逢夜雪，怀贤应向剡川游。

这是一首赠别诗，写给章八元的老师严维（严维时任河南幕府，故称长史）。章八元此诗的首联是说，昨天我告别先生您乘上了归乡的船，家在桐庐自然让我回忆起熟悉的山水和屋舍。颔联告知我们归乡的时间和路途：三月春暖时节百花齐放，途经桐庐县城处，富春江和分水江两江争流。颈联写得极富人情味，临近家乡听到分水江边老人在说着家乡的方言，传达着家乡的消息，仿佛遥见家乡的山水，便减少了旅途的愁思。尾联笔锋一转，作者从归乡的喜悦中抽离出来，说或许人生常常会在醉中正逢孤寂的处境（"夜雪"显然是取用白居易的五绝《夜雪》，表达诗人谪居江州时的孤寂心情），怀想贤师我应该去您的家乡游历剡溪啊。此诗把章八元的思乡之情和尊师之义有机地结合起来，因而读后让人心生感慨。

"三章"儿辈章孝标

一、章孝标究竟哪里人

既然章孝标是章八元之子，他是桐庐人应该毫无疑问，然而各种史料却有"睦州桐庐人"和"钱塘人"之说，连《唐才子传》也这样介绍："孝标，字道正，钱塘人。"钱塘在唐朝时是杭州辖县，又是州治所在地。因而也指代杭州。而桐庐那时属睦州辖县，分属于两个地区。显然给我们留下了章孝标究竟是哪里人的疑问。

今查《中国历代人名大辞典》，对章孝标的介绍是"唐睦州桐庐人，一说杭州钱塘人。宪宗元和十四年进士。除秘书省正字。文宗大和中试大理评事。工诗。"

又查《唐诗大辞典（修订本）》介绍章孝标："字道正，睦州桐庐（今浙江桐庐）人，家于钱塘（今浙江杭州）。"

南宋尤袤所撰《全唐诗话》卷三章孝标一节则明确讲章八元、章孝标均为"桐庐人"："或曰：前有八元，后有孝标，皆桐庐人，复同姓而皆不达。"

如今多本诗集对章孝标的作者简介均采用"睦州桐庐人"之说，是客观准确的。那么，为何会有章孝标是钱塘人的说法，是因为他后来把家安在杭州（"家于钱塘"）。章孝标的忘年交（年长36岁）著名诗人杨巨源（山西永济人，唐贞元年间进士）《送章孝标校书归杭州因寄白舍人》一诗的题目可以佐证。这里需要特别说明的是，分水朝阳村前些年从章氏家谱中发现唐朝先祖於潜人章成缅，生性至孝，被赐封"孝标"，同族后人便将他与章孝标混为一谈，将杨巨源（家谱中误作杨臣源）此诗也按到章成缅身上，其实此公比章八元还年长5岁。由此也告诉我们，对于一些史料（尤其是家谱），我们要进行严格的考据，切不可轻易拿来就用。

二、章孝标是怎样一个人

1991 年版《桐庐县志》"人物传略"这样介绍章孝标：

章孝标(791～873)，字道正，八元子，有诗名。李绅镇守扬州时，在一次宴会上，以"春雪"命题，请孝标即席赋诗。孝标下笔立就："六出飞花处处飘，粘窗著砌上寒条，朱门到晚难盈尺，尽是三军喜气销。"满座皆惊服。元和十四年 (819) 考取进士，由长安南归，先寄友人一书，其中有云："马头渐入扬州郭，为报时人洗眼看。"踌躇满志之状，跃然纸上。适为李绅所见，作诗批评："十载长安方一第，何须空腹用高心"。孝标惭愧，拜谢赐教。太和年间 (827～835) 曾为山南道从事，试大理寺评事，最终任秘书省正字。有诗集一卷。韦庄编的《又玄集》录其《归海上旧居》、《长安春日》两首，称其深得诗律之精义。

这则传略简约交代了章孝标的生平经历。其中关于章孝标的二则逸闻轶事，各种材料尽管细节略有出入，但总体相同。

综合各种史料可知，章孝标颇有诗才，出口成章，也"深得诗律之精义"，但或许因为他只有小聪明却少钻研，因而名气始终不大，至今少有让人广为传诵的诗句。二是尽管考中进士入仕做官，但官位不高、成就不大，或许又跟他不够踏实有关。关于章孝标中进士后南归时写诗赠友人流露出得意洋洋之心受到李绅批评的故事很有意思。其实他此诗就是写给李绅的，诗集中题为《及第后寄广陵故人（一作《寄淮南李相公绅》）》："及第全胜十政官，金鞍镀了出长安。马头渐入扬州郭，为报时人洗眼看。"李绅看后即回赠《答章孝标》一诗。大多数材料引用的是此诗后两句："十载长安方一第，何须空腹用高心。"（方一第，又作得一第）李绅话说得很重，你在京城长安花了 10 年时间才中第，腹中空空有什么可沾沾自喜的。我以为前两句写得更好："假金只用真金镀，若是真金不镀金。"直白的诗句，蕴含的却是深刻的道理。从这个故事可知，李绅是个好老师，真朋友。这位经历丰富，卒后"赠太尉，谥文肃"的唐朝高官也是一位道德高人。他的教诲自然让章孝标"惭谢"。李绅似乎也给了章孝标一闷棍，《唐才子传》说他"伤其气宇窘急，终不大用"。当然，把章孝标官职不高、诗名不大的原因怪罪于李绅的批评，显然有失公允。

三、关于章孝标的诗名

无论如何，章孝标依然是唐朝著名诗人。

章孝标留下最为人称道的诗句是《游云际寺》中的"云领浮名去，钟撞大梦醒"，明朝胡震亨撰诗话集《唐音癸签》称赞"何其伟也"！

唐朝著名诗人韦庄（即写"钱塘江尽到桐庐，水碧山青画不如"的诗人）在其编辑的《又玄集》中收入的《长安春日》无疑是佳作："田家无五行，水旱卜蛙声。牛犊乘春放，儿孙候暖耕。池塘烟未起，桑柘雨初晴。岁晚香醪熟，村村自送迎。"

遗憾的是，章孝标几乎没有留下与桐庐相关的诗作，一首《梦乡》有人认为是写桐庐的，但从第一句"家住吴王旧苑东"的方位看，显然不确切，姑且信之吧：

家住吴王旧苑东，屋头山水胜屏风。

寻常梦在秋江上，钓艇游扬藕叶中。

此诗的确写得美，家门口的山水比屏风上的画还漂亮，这样的家乡，怎能不让人留恋呢！

"三章"孙辈章碣

或许是应了"后生可畏""后来居上"的俗语，章碣的诗名应该比其父章孝标甚至祖父章八元更盛。

一、关于章碣的生平

《桐庐县志》在"人物传略"《章八元 章孝标 章碣》篇中介绍章碣：

章碣 (836 ~ 905)，字丽山，孝标之子。乾符三年 (876) 登进士。乾符中，侍郎高湘自长沙携邵安石 (广东连县人) 来京，高湘主持考试，邵安石及第。碣赋《东都望幸》诗讽刺之："懒修珠翠上高台，眉月连娟恨不开，纵使东巡也无益，君王自领美人来。"表达了对科场制度的不平，广为人们传诵。《焚书坑》一诗，千百年来一直脍炙人口。

章碣首创"变体诗"。在律诗中，一变通常只需偶句押韵的格律，要求偶句、单句平仄声各自为韵。一时赶时髦者竟起效仿。有《章碣集》一卷传世。

章氏三代，皆以风雅著称。浙中一时传为佳话。《全唐诗》收有他们的作品。

关于章碣的生平简介，同样存在睦州桐庐人和杭州钱塘人的说法。原因跟章孝标同。章碣尽管中进士，但仕途不顺，元代辛文房著《唐才子传》卷九说章碣"后竟流落，不知所终。"因为他把精力都放在诗艺精进上了。在"三章"中，章碣应该是诗才最高诗名最盛的。

二、关于章碣的诗才

《唐才子传》对章碣的诗才如此介绍：

碣有异才，尝草创诗律，于八句中，足字平侧，各从本韵，如"东南路尽吴江畔，正是穷愁薄暮天。鸥鹭不嫌斜雨岸，波涛欺得逆风船。偶逢岛寺停帆看，深美渔翁下钓眠。今古若论英达算，鸱夷高兴固无边。"自称变体。当时趋风者亦纷纷而起也。今有诗一卷，传于世。

《中国历代人名大辞典》介绍章碣："唐睦州桐庐人，一说杭州钱塘人。章孝标子。僖宗乾符进士。后流落不知所终。工诗。尝创变体诗，单句押仄韵，双句押平韵，时人效之。"

历代各种诗话都说章碣的变体诗影响颇大，可见其诗名在晚唐诗人中属佼佼者。从他与晚唐著名诗人方干、罗隐交往友善看，也可以证明这一点。罗隐写有《送章碣赴举》一诗，方干在《赠进士章碣》一诗中称"织锦虽云用旧机，抽梭起样更新奇"，便是指章碣首创的风行一时之变体诗而言。

三、关于毛泽东书写章碣诗

说章碣是"三章"中诗名最为显著者，从毛泽东书写章碣诗可以印证。

我们知道，毛泽东主席博览群书，尤其是古诗词功底深厚。他不仅熟读历代诗词，而且运用自如。他还有一个习惯，即抄录他喜欢的诗词佳作。我的藏书中有中央档案馆编的《毛泽东手书选集（古诗词卷）》（北京出版社 1994 年 3 月），其中收有毛主席书写的章碣《春别》一诗，且写有两幅，这首诗是这样的：

> 掷下篱筋指乱山，趋程不待凤笙残。
>
> 花边马嚼金衔去，楼上人垂玉箸看。

柳陌虽愁风裛裛，葱河犹自雪漫漫。

殷勤莫厌貂裘重，恐犯三边五月寒。

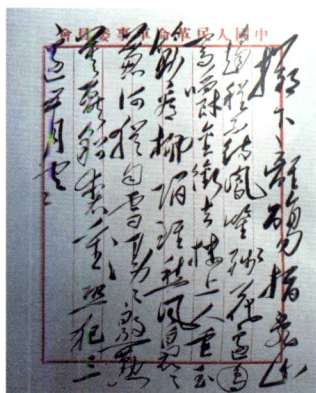

　　两幅书法其一写在一张信笺上，显得紧凑；另一写在两张白纸上，写得潇洒豪放。由此可见他对此诗的喜欢。

　　毛主席用章碣诗《焚书坑》书赠傅斯年的故事流传更广。傅斯年（字孟真），是著名历史学家、古典文学研究专家、教育家、学术领导人。也还是"五四运动"学生领袖之一。当年毛泽东在北京大学图书馆工作时傅还是毛崇拜的学者。1949年傅去了台湾，曾任台湾大学校长。据张家康《青年毛泽东在北大》一文介绍：1945年7月初，抗战胜利在即，傅斯年作为6名国民参政员之一乘飞机访问延安。毛泽东单独安排时间，与傅斯年彻夜长谈。同当年北大相比，时间和场景都有了转换，可毛泽东依然不失他乡遇故知的情怀和礼贤学人的雅量。谈话中，自然谈到北大学生在五四运动中的作用，谈到傅斯年等五四运动风云人物。听到谈及自己，傅斯年谦逊地说："我们不过是陈胜、吴广，你们才是项羽、刘邦。"第二天也就是7月5日，毛泽东给傅斯年写了封信，上写道："遵嘱写了数字，不像样子，聊作纪念。今日闻陈胜、吴广之说，未免过谦，故述唐人诗以广之。"这便是章碣的《焚书坑》。

如今，毛泽东的信和赠诗陈列在台湾大学傅园内的纪念室中，诗云：

> 竹帛烟销帝业虚，关河空锁祖龙居。
>
> 坑灰未烬山东乱，刘项原来不读书。

落款为"唐人咏史一首书呈孟真先生 毛泽东"。

前年中新社记者安英昭等访台后写了《台湾写真：访梅园傅园品梅贻琦傅斯年后半生》一文也讲到此事，并拍摄了"毛泽东书赠晚唐诗人章碣的《焚书坑》诗"展品，让我们得以一睹这幅书法的真容，也真切感受到毛主席对章碣诗的喜爱与肯定。

至于《春别》《焚书坑》诗的含义，感兴趣的朋友可以自己去品读。

最后我要强调的是，我为桐庐拥有"三章"这样祖孙三代诗人而骄傲，为涌现章碣这样的杰出诗人而自豪。

（本文系桐庐县社科联和县融媒体中心"品读桐江名人"第四—六期内容）

怅望在严滩的王阳明

明代名人王阳明，一生北上南下，文功武略，在许多地方留下足迹，结下不解之缘。严滩就是其中之一。几回舟过严滩的王阳明，在此"顾瞻怅望"，在此留下崇学大事"严滩问答"。

两过钓台而不登

严滩，是浙江省桐庐县境内富春江上游旧时的一段急流险滩。严滩也名严濑，是其古名严子滩（濑）的简称，此外还有严陵滩（濑）、子陵滩（濑）等多种称谓。显而易见，严滩得名于东汉高士严子陵。

这一段江滩还有另外一个得名于自然特征的古名，即源自"有风七里，无风七十里"古谚的七里滩（濑），大约从清朝开始又叫七里泷，沿用至今。

严滩之畔，富春山麓，有一处闻名遐迩的千古名胜，这便是严子陵钓台。它以严子陵不为汉光武帝刘秀高官厚禄所诱，在此隐居垂钓的故事而得名。范仲淹所写的"潇洒桐庐郡，严陵旧钓台。江山如不胜，光武肯教来"讲的就是这段历史。范仲淹出知睦州 (桐庐郡) 时，还在钓台修建严先生祠堂，并撰文盛赞："先生之风，山高水长。"

王阳明与严子陵同为余姚老乡，严子陵钓台自然成了王阳明早就向往的地方。有他年轻时在杭州移居胜果寺的诗作为证："富春只尺烟涛外，时倚层霞望钓台。"

然而，从现在确知的史料看，王阳明生前两次"过钓台"，却始终"弗及登"。

王阳明第一次过钓台是明正德十四年 (1519)，他在鄱阳湖中仿效赤壁之战，平定洪都的宁王朱宸濠之乱。随后押送战俘朱宸濠赴京，顺流而下途经严子陵钓台。其时行迹匆匆，一掠而过。

而第二次过钓台，是在明嘉靖六年 (1527)，他受命赴广西平定西南部的思恩、田州土瑶叛乱和断藤峡盗贼。这一次，他在两位弟子护送下从绍兴经杭州，然后溯钱塘江富春江而上，又在桐庐知县沈元材的陪同下抵达严滩，建德知县杨思臣则专程顺流而下到桐庐境内的钓台下迎接王阳明。此次一来"兵革之役"公务在身，二来由于他体弱多病，力不从心，既肺病复发，又双足长疮，加上"微雨林径滑"的状况，王阳明只能望台兴叹。

向往建功立业

二过钓台而不登，王阳明写下了《复过钓台》一诗，他对钓台的向往与眷恋，对严子陵的敬仰与追慕，在这首诗中表露无遗。"仰瞻台上云，俯濯台下水"，一"仰"一"俯"，既是他对钓台的外在行为，更是对严子陵的内心态度。

这首诗之所以成为王阳明诗作中的代表作之一，主要就在于既表达了对严子陵这个历史人物的认识与评价，又表达了自己希望建功立业的决心。王阳明对家乡这位"年八十，终于家"的先贤，想来应该是十分敬仰的。诗中"高尚当如此""至人匪为己"的评价就相当之高。"至人"，是指古时具有很高的道德修养，超脱世俗，顺应自然而长寿的人。

然而，王阳明一贯具有强烈的建功立业愿望，这次即使体弱多病，他也领受"兵革之役"，最终踏上远征之旅。在这样的背景下，来到严子陵钓台，可以想见他的内心是矛盾的、复杂的。因而他既会有"人生何碌碌？高尚当如此"的羡慕，却又有"过门不遑入，忧劳岂得已。滔滔良自伤，果哉末难矣"的感叹。诗中最后一句"果哉末难矣"，典用的是孔子对话，表达了自己不会放弃、坚持到底的决心。

王阳明显然对此诗较为满意，写下一段按语后交给桐庐知县："右正德己卯献俘行在，过钓台而弗及登。今兹复来，又以兵革之役，兼肺病足疮，徒顾瞻怅望而已。书此付桐庐尹沈元材刻置亭壁，聊以纪经行岁月云耳。"

内心波澜徘徊

岁月如严滩急流，奔腾不息。想来当年沈知县应该将王阳明的诗刻置于亭壁，只是早已不复存在罢了。当年的急流险滩，如今已是碧波荡漾。王阳明曾经伫立的严滩畔，也已淹没在水里。幸有此诗并未淹没，让我们今天还能从字里行间，窥见他惆怅在严滩的模样，想象他内心徘徊的波澜。

王阳明的两位得意门生之所以一路护送至此，除了对恩师的敬重之外，另一个重要原因，是希望领受更多赐教。

尽管临行前王阳明已向他们着重阐释了四句教，可他们依然一知半解。于是，王汝中又以佛家实相幻相之说求教于先生。王阳明回答道："有心俱是实，无心俱是幻；无心俱是实，有心俱是幻。"

王汝中接着恩师的话，试探着问道："前所举，是即本体证工夫；后所举，是用工夫合本体。有无之间，不可致诘。"

王阳明莞尔一笑，表示赞同。并再次嘱咐两位弟子："二人正好互相为用，弗失吾宗。"稍停片刻，又重申道："可哉！此是究极之说。汝辈既已见得，正好更相切靡，默默保任，弗轻漏泄也。"这一番严滩畔的师徒对话，让两位弟子视若珍宝，事后均撰文记述。后人将其命名为"严滩问答"，与"天泉证道"齐名。

2019年7月18日 星期四
人民日报
旅游天地 **11**

怅望在严滩的王阳明

董利荣

两过钓台而不登

向往建功立业

内心波澜每自平

上图：严子陵钓台 图自网络

园景里的愿景

尹婕

上图：大观园 图自网络

永宁园随笔

王家大院品风华

孙云清

行天下

诗意停靠袁家村

宋宏

上图：袁家村 图自网络

欧阳亮洋木器随想会议号

天泉证道与严滩问答，是王阳明学问的总结性概述，充满着辩证的哲学思想，令人久久寻味。

行笔至此，我记起 2017 年初，华东师范大学哲学系教授方旭东，在桐庐县富春江镇孝门村和建德市安仁镇交界处的安仁精舍，举办了一场关于"严滩问答"的小型研讨会，我有幸受邀参加。席间我简要谈论了范仲淹与桐庐及严子陵钓台（严滩）之间的渊源。而对于"严滩问答"，我则在那次会议上才有了初步的了解。

如今的严滩，随着富春江水电站大坝的建成，形成了一段风光迷人的富春江小三峡。它水深流静，一如阳明心学，深不可测，唯有潜心研学，才有所获。

[载 2019 年 7 月 18 日《人民日报（海外版）》]

王阳明的钓台诗

王阳明写富春江写钓台的诗，从古至今，历代严州和桐庐县编辑的诗集中，均只收入《复过钓台》这一首：

忆昔过钓台，驱驰正军旅。
十年今始来，复以兵戈起。
空山烟雾深，往迹如梦里。
微雨林径滑，肺疾双足胝。
仰瞻台上云，俯濯台下水。
人生何碌碌？高尚当如此。
疮痍念同胞，至人匪为己。
过门不遑入，忧劳岂得已！
滔滔良自伤，果哉末难矣！

《王阳明的钓台诗》（影印）

右正德乙卯献俘行在，过钓台而弗及登。今兹复来，又以兵革之役，兼肺病足疮，徒顾瞻怅望而已。书此付桐庐尹沈元材刻置亭壁，聊以纪行岁月云耳。嘉靖丁亥九月廿二日书，时从行进士钱德洪、王汝中、建德尹杨思臣及元材，凡四人。

（《王阳明全集》中卷，第656页，上海古籍出版社2012年12月版）

这首诗的开头几句和诗后之跋，向我们介绍了王阳明两次过钓台的背景。前一次的"正德乙卯"，即明正德十四年（1519），

其时王阳明在鄱阳湖中仿效赤壁之战，平定洪都的宁王朱宸濠之乱。随后押送战俘朱宸濠赴京，顺流而下途经严子陵钓台，在"驱驰正军旅"的特殊情况下，"过钓台而弗及登"，完全可以理解。而10年（其实应该是8年）后的复过钓台，是在明嘉靖

六年，即丁亥年（1527），他受命赴广西平定西南部的思恩、田州土瑶叛乱和断藤峡盗贼之时（"复以兵戈起"）。这一次，他显然在严子陵钓台逗留了一点时间（他的弟子钱德洪、王汝中从绍兴一直送他到钓台才返回，在此还发生论学事件"严滩问答"），本来王阳明可以登钓台，但一方面由于"兵革之役"公务在身，尽管有"空山烟雾深"之景的诱惑，王阳明也无暇于游山赏景；另一方面，更由于他体弱多病，力不从心，既肺病复发，又双足长疮，加上"微雨林径滑"的状况，王阳明只能望台兴叹、"顾赡怅望"了。

这首诗之所以成为王阳明诗作中的代表作之一，主要就在于既表达了对严子陵这个历史人物的认识与评价，又表达了自己希望建功立业的决心。严子陵和王阳明，如今都是浙江省余姚市倾力打造的"四大先贤"人物（另两位是朱舜水、黄宗羲），其中东汉时期的严子陵早于其他三位1000多年。王阳明对家乡这位"年八十，终于家"的先贤，想来应该是十分敬仰的。诗中"高尚当如此""至人匪为己"的评价就相当之高。"至人"，是指古时具有很高的道德修养，超脱世俗，顺应自然而长寿的人。王阳明视乡贤严子陵为心目中的至人。而严子陵归隐之地桐庐境内富春山下的严子陵钓台，自然也成了王阳明向往的地方。有他年轻时的诗作为证：

江上惧知山色好，峰回始见寺门开。

半空虚阁有云住，六月深松无暑来。

病肺正思移枕簟，洗心兼得远尘埃。

富春只尺烟涛外，时倚层霞望钓台。

（《移居胜果寺》之一，《王阳明全集》中卷第573—574页）

    这是王阳明"赴谪诗五十五首"之一。王阳明年轻时仕途坎坷，曾因反对专权跋扈的司礼太监刘瑾而被捕入狱，随后被贬为贵州龙场驿驿丞。此诗写的就是王阳明出狱后赴任途中在杭州养病期间的状态与心情。"富春只尺烟涛外，时倚层霞望钓台。"从中可见，那时他内心向往钓台，希望像严子陵那样过隐居生活的一丝愿望。然而刘瑾竟然欲置王阳明于死地，派人尾随他追至杭州，想伺机加害。王阳明于是设置投江自尽假象，脱险后辗转奔赴贵州龙场任职。原本此行应是溯富春江过严子陵钓台的，可却阴差阳错乘舟出杭州湾从海上到福建再进贵州，错失了一次在桐庐拜谒先贤严子陵的机会。但我想这未必不是一件好事，奸臣的加害和风浪的洗礼，反而打消了他归隐的念头，激发出他在天高皇帝远的龙场干一番事业的决心。

    王阳明一贯具有强烈的建功立业愿望，这次即使体弱多病，他也领受"兵革之役"，最终踏上远征之旅。在这样的背景下，来到严子陵钓台，可以想见他的内心是矛盾的复杂的。因而他既会有"人生何碌碌？高尚当如此"的羡慕，却又有"过门不遑入，优劳岂得已。滔滔良自伤，果哉末难矣"的感叹。最后一句"果哉末难矣"，典用的是孔子对话，表达了自己不会放弃、坚持到底的决心。

王阳明显然对《复过钓台》一诗较为满意，抄录下来，希望陪同他送至钓台的桐庐知县沈元材能够将其刻置于亭壁。

从《复过钓台》及跋看，已知王阳明两次过钓台，且一顺流而回，一逆流而往。但从其生平经历看，他至少4次南下，除一次从海上经福建前往外，其他几次去江西、广西等地，按理去回都应该取道富春江、途经严陵滩。然而查阅富春江流域的古今诗集，除王守仁《复过钓台》一诗外，均未发现其他诗作。那么，他是否另有钓台诗呢？带着这样的疑问，我认真翻阅《王阳明全集》。功夫不负有心人，在下卷补录中，我发现《咏钓台石笋》一诗：

> 云根奇怪起双峰，惯历风霜几万冬。
> 春去已无斑箨落，雨余唯见碧苔封。
> 不随众卉生枝节，却笑繁华惹蝶蜂。
> 借使放梢成翠竹，等闲应得化虬龙。
>
> （《王阳明全集》下卷，第997页）

此诗究竟作于何时，不得而知。但从"雨余唯见碧苔封"一句看，很有可能与《复过钓台》同时（因有"微雨林径滑"句）。这是一首写景咏物诗，内容与桐庐严子陵钓台景致高度契合。这首七律观察细致入微，写景准确到位，尤其中间两联，对仗工整；同时借物喻志，抒发情感，不愧是一首佳作。位于钓台双峰之间的石笋，是钓台一大奇观，然而前人少有题咏，因为或许诗人们都把注意力集中在东西两台和严先生祠堂，集中在严子陵这个人物身上。王阳明其时因未登钓台，在严滩畔"仰瞻台上云"的过程中，目光被双台之间一柱挺立的石笋所吸引，有感而发吟成此诗，我以为是顺理成章的。"不随众卉生枝节，却笑繁花惹蝶蜂。借使放梢成翠竹，等闲应得化虬龙。"这几句诗与《复过钓台》最后几句表达的含义也十分接近。

那么，此诗为何严州及桐庐史料中未能留存？据查证，《咏钓台石笋》原来竟然刊登在《四明山志》中。我猜想，王阳明当初在钓台时未写下此诗，后回故乡时才书赠友人，流传于余姚文人之间。后来被余姚乡贤黄宗羲发现，顺手编入他编辑的《四明山志》。由于此诗与四明山并无关联，一直未受到重视，直到近年，才收入由吴光先生领衔主编的《王阳明全集》中。这样看来，此诗在桐庐并无留存也可理解了。

顺便提一句，《王阳明全集》中此诗"却笑繁花惹蝶蜂"一句之"蜂"误为"峰"。无论从"惹蝶蜂"的语意看，还是从诗中两个峰字的语境看，我以为此字应是误排了。我向浙江省儒学学会会长、省社科院哲学研究所原所长吴光教授求证，他马上回答我："谢谢校改一字，蝶峰乃蝶蜂之误也。"希望下次再版时能校正此字。经我推荐，此诗也已收入县政协编辑出版的《桐庐古诗词大集》之中。

（载 2020 年第三期《钱塘江文化》）

王伯敏：煮茶夜坐自安闲

晚年曾经寓居桐庐10年的"七史罕人"王伯敏（1924～2013），一生读书著书，看山画山。这位学富五车、著作等身的中国美术学院博士生导师、著名美术史论家、画家、诗人，生前并不喝酒抽烟，却像大多文人一样，喜好品茶，又擅写茶，是一位名副其实的茶文化实践者与传播者。

以茶会友

由于王伯敏先生不会饮酒，茶叙便成为他与友人聚会交流的最佳方式。我至今还珍藏着一页印有一段文字和王伯敏先生亲笔签名的平常白纸，是2008年6月王老邀请三五好友在桐庐新茗茶馆小聚的请柬，受邀者有楼一层、余守贞和我等，可惜由于那天我有事未参加，实在遗憾。那时我刚到县文联一年有余，王老对我这个晚辈关爱有加，让我终生难忘。

我和王老可谓忘年交，当然也称得上是君子之交。我们相识相交多年，他总是谢绝我的宴请。而每次我去大奇山庄半唐斋看他，虽是清茶一杯，却能让我感受到他的热情与喜悦。我还清晰记得，2010年初春，正是新茶上市时节，得知王老从海南避寒回杭后，又迫不及待回到桐庐大奇山庄，我便带了两盒雪水云绿茶去看他。王老和夫人正坐在守拙园的小圆桌旁喝茶聊天。见我前去，先生异常高兴，马上吩咐大女儿王萍给我沏上一杯茶，嘘寒问暖，又跟我谈了不少话题。其间他起身进屋，拿出一张墨迹未干的4尺斗方山水画，用浓重的温岭口音跟我说："刚刚画了张画，还没题款，侬如果喜欢我马上落款，送给侬。"我连连摆手说"不要"。王老见我推辞，说："侬不欢喜，我下次另外画一张给侬。"说完让王萍拿回屋去了。当然，这个下次永远没有了。现在不少人听说此事都说我傻。但我想，画虽有价，王老对我的情谊却是无价的。

茶诗言志

王伯敏先生写有多首茶诗，既反映了他的生活习惯，更表达了他的生活态度与人生志向。潜心钻研学问，静心研习诗画，应该是他不懈追求的人生。

多年来，王老养成了煮茶夜坐的习惯。他在古稀之年写的《生日自况》一诗是其写照：

> 作画著书鬓未斑，
> 煮茶夜坐自安闲。
> 而今犹幸如松健，
> 昨日又登齐鲁山。

此诗将他煮茶夜坐、作画著书的晚年生活展露无遗。其实早在1986年王老就写过《冬夜煮茶》一诗：

明前采得龙井茶，

昨夜煮来敬梅花。

我饮半杯如醉酒，

灯前落墨万山斜。

或许正因为他有如此高雅充实的生活方式，让他的身体"如松健"，当然从诗中更能读出他的精神状态同样健康。这大概是因为茶的作用与功效吧。先生写于 1995 年的《雪夜煮茶》一诗道出了个中原委：

入冬夜坐煮清茶，

风雪炉边画梅花。

若使饮茶人不醉，

为何老树万枝斜。

夜坐煮茶不仅让王老身心健康，更提升其绘画意境，让王伯敏先生的山水画具有浓浓的文人气息。

书画茶趣

喜欢煮茶饮茶的王伯敏先生，也写有多幅以茶为主题的绘画书法作品。以茶入画，自成其趣。

其中最为典型的绘画作品，大概就是《书香花香茶香》图，简洁的画面中央一把茶壶两只茶杯，杯旁一本书，上方一条斜枝是梅花。下方落款文字为："书香花香茶香，皆醉人也。丁丑王伯敏"。查丁丑年为1937年，王老七十又三，正是一个画家最富阅历与活力的年龄。

前些年我主编了一本《王伯敏桐庐书画作品集》（西泠印社出版社2015年10月出版），其中就有几幅与茶相关的书画作品，如《半唐小园》，画面上四周大石土丘竹林中间是一张石桌，上有茶壶茶杯，桌旁几条石凳，一条小道通向一隅。尽管画面空无一人，但王老希望朋友来他的兰唐园、半唐斋相聚茶叙的心愿跃然纸上。另有两副对联更直白地表达了王老与茶的关系。自况联云：

读史行路支颐苦撰史，

看山邀月啜茗喜画山。

此联与前引几首茶诗煮茶夜坐的意境异曲同工。可见"啜茗"在他撰史、画山的日常生活中不可或缺。

王老书于桐庐大奇山居的古代茶文化名联"竹露松风蕉叶雨，茶烟琴韵读书声"的书法作品，堪称精品，整幅书法文人气息扑面而来。

此联境界高洁，意境幽远，是广为流传的名联，无怪乎王老会心有戚戚焉。他不仅精心书写，还特意附题了一段感悟：

文人到此境界自然得清福矣。福在居竹林间自己煮茶，若是煮了茶倘有兴煮石亦何妨，斯时闻读书声不难，而能见松风吹落叶又味琴韵则非易，不信可请问东坡先生。

从这段文字可见王老对茶韵领悟之深，对苏轼（东坡居士）、姜夔（白石道人）等古代著名文人与茶文化的深厚渊源了然于胸。

当然，王老与茶文化相关的诗、书、画作品肯定还有许多，以茶会友的故事也一定更丰富，我只是就自己的亲身经历和所知所闻记录点滴而已。或许正因为他与茶文化的渊源，王伯敏先生生前受聘为中国国际茶文化书画院名誉院长，应该是众望所归的。

（载 2020 年第九期《杭州政协·"万象天地"》文史专栏）

后　记

　　这是一本跟书相关的书，也是一本较为特别的书，因而我给它取名为《书里书外别集》。

　　先说说编辑此书的缘由。去年编辑散文集《一瓢细酌》时，原先编有5卷，第五卷是我给别人的书写的序和书评精选，共有十几篇。后来发现这一卷文章与其他4卷写景记人叙事说理的散文多少还是有点区别，再者"风起江南"散文系列作品主编要求每一册字数控制在20万以内，于是干脆拿掉了这一卷。然而对我来说，这些散落在各本书中的文章，未能集中汇编，实在也是憾事。近年我在整理自己的文稿和收藏的书刊时，竟然发现已写了几十篇序，为自己创作和主编的书也写了多篇后记，还写了一些跟书相关的随笔、评论、读书笔记等。于是就有了干脆单独编一本书的想法。

　　此书编为两大卷，即书里卷和书外卷，又各分两部分。"书里卷一"是序言选，收入 17 篇，其实我写的序远不止这些，我在教育系统工作时为他人为学校写的序就有十几篇，原本也想选几篇，后来觉得放在其中主题不集中，干脆一篇都没选，而是围绕文艺文化来选。"书里卷二"是后记选，收入 9 篇。这两部分相当于是一本序跋集。"书外卷一"是关于书的随笔和评论，收入 9 篇，其中有两篇较特殊，即《胡家芝传》《袁振藻艺术人生》的书评，这两篇又曾分别作为两位传主的剪纸、绘画作品集代序，从书外走进书里了，但我依然觉得放在这里更适合。"书外卷二"是读书笔记，收入 12 篇，大多是近年新作。全书共 47 篇，是我近 10 余年来关于文化的一些思考，更体现自己对文艺事业的情怀。

刊登以上这些文章的书刊，有满满的一纸箱。心想配合此书出版把这些书刊捐赠出去，作为档案收藏，应该是一件有意义的事情。这一设想得到县档案馆金世勇馆长及其他班子成员的充分肯定和大力支持。在此，请允许我向县档案馆的各位领导、朋友表示衷心的感谢。

同时向为此书收集整理资料提供便利的富春广告负责人、书香力扬各位同仁、出版社编辑等深表谢意。感谢好友单文海先生题写扉页书名。

编完此书，回想自己已先后创作出版《杏坛笔墨缘》《范仲淹与潇洒桐庐》《严光与严子陵钓台》（与人合作）《父母的无悔人生》《知己——瞿秋白与鲁迅》《诗说桐庐》《一瓢细酌》等书，加上这本，已有 8 部（我主编的书不在此列），感慨系之，遂成打油诗一首：

一瓢细酌邀知己，

书里书外咏范公。

无悔人生缘笔墨，

诗说桐庐子陵风。

谨以此献给我的平凡人生和我爱入骨髓的潇洒桐庐。

是为后记。

2021 年秋于富春江畔